新訳 アテネのタイモン

シェイクスピア
河合祥一郎＝訳

角川文庫
21864

The Life of Timon of Athens
by William Shakespeare

From
The first Folio, 1623

Translated by Dr. Shoichiro Kawai
Published in Japan by
KADOKAWA CORPORATION

目次

凡例

・一六二三年出版のフォーリオ版（Fと表記）を底本とする。クォート版は存在しない。

・解釈のため、以下の諸版も参照した。

Anthony B. Dawson and Gretchen E. Minton, eds, William Shakespeare and Thomas Middleton, *Timon of Athens*, The Arden Shakespeare, Third Series (London: Cengage Learning, 2008).

John Jowett, ed., William Shakespeare and Thomas Middleton, *The Life of Timon of Athens*, The Oxford Shakespeare (Oxford: Oxford University Press, 2004).

Karl Klein, ed., William Shakespeare, *Timon of Athens*, The New Cambridge Shakespeare (Cambridge: Cambridge University Press, 2001).

G. R. Hibbard, ed., William Shakespeare, *The Life of Timon of Athens*, The New Penguin Shakespeare (Harmondsworth: Penguin Books, 1970), reissued with a new introduction by Nicholas Walton (Penguin Books, 2005).

H. J. Oliver, ed., William Shakespeare, *Timon of Athens*, The Arden Shakespeare, Second Series (London and New York: Methuen, 1959).

・〔　〕で示した箇所は、原典にない語句を補ったところである。

新訳　アテネのタイモン

〔登場人物

タイモン　アテネの貴族
フレイヴィアス　タイモンの執事
アペマンタス　哲学者
アルキビアデス　武将
ルシリアス
フラミニアス
サーヴィリアス　タイモンの召使い
フライニア
ティマンドラ　娼婦《しょうふ》たち
ホスティリアスと外国人たち

ルーシアス
ルーカラス
センプローニアス　不実な貴族
ヴェンティディアス　タイモンの不実な友
ホーテンシアス
ケイフィス　タイモンの債権者の
フィロータス
タイタス　召使いたち
ヴァローその他債権者の召使いたち

詩人、画家、宝石商、商人、道化、小姓、貴族たち、元老院議員たち、山賊たち、兵士たち、
仮面劇のキューピッドとアマゾンたち、アテネの老人

場面　アテネとその近くの森〕

第一幕　第一場※1

詩人と画家、宝石商と商人※2、それぞれ別々のドアより登場。

詩人　こんにちは。

画家　　　　　お元気そうで何よりです※3。

詩人　お久しぶりで。景気はいかがです？

画家　悪くなる一方で。

詩人　いや、そりゃわかってますが、特に変わったことはありませんか。

ニュースは？〔舞台の反対側を見て〕おっと、前代未聞の
恩恵の魔力に呼び寄せられて、
ぞろぞろやってきたぞ。あの商人は知っているやつだ。

画家　私は二人とも知ってます。もう一人は宝石商です。

〔反対側から登場した商人と宝石商の声が聞こえてくる。〕

商人　まったく、立派な方です！

※1　F（フォーリオ）には冒頭に*Actus Primus. Scoena Prima.*（第一幕第一場）とあるだけで、以下幕場割りの指示がない。「訳者あとがき」に記したとおり、本作はシェイクスピアとミドルトンの共作と考えられている。この場面はシェイクスピアの筆とされる。

※2　Fのト書きには五人目の人物「絹物商人」（Mercer）の登場が指定されているが、以下に何の言及もないため、登場させる予定を変更したのであろう。

※3　この行が下がっているのは直前の台詞とあわさって弱強五歩格の一行を成すシェアード・ライン（ハーフ・ライン）となっているため。間髪を容れずに続けて読む。

宝石商　　ええ、本当にそうですね。
商人　比類ないお方だ。※1 どこまでも果てしなく、
息をするように善行を積まれるのだから。
抜きん出たお方だ。
宝石商　　宝石を持ってきたんですが。
商人　お、見せてください。タイモン卿《きょう》に、ですね？
宝石商　期待に沿うお代をお支払い頂けるなら。でもその点は――
詩人※2「金が目当てで邪悪なものを称《たた》えれば、
善きものを巧みに歌う
詩歌《しいか》の栄誉に傷がつく。」
商人　〔宝石を見て〕よい品ですね。
宝石商　一級品です。ほら、透き通っている。ご覧なさい。
画家〔詩人に〕詩を書くのに集中しておられるようですね。
タイモン卿への献辞ですか？
詩人　　ちょっとした思いつきです。
詩というのは、樹液のように自然と
滲《にじ》み出てくるのです。火打石は打つまで
火がつきませんが、詩の優雅な炎は、
自然と熾《おこ》り、流れのようにあらゆる障碍《しょうがい》を

※1　タイモン卿の話をしている。
※2　split focus という手法で、舞台上手と下手で別々のことが進行している。ここでフォーカスが詩人の方へ移ることで、宝石商の台詞は途中で聞こえなくなっている。
　一方、詩人はここで一人で詩作に耽っているが、その内容は舞台反対側の宝石商と商人の会話への批評となっている。ここに「画家へ傍白」とト書きを加える編者もいるが、次の画家の反応を見れば、詩人は一人で詩作して口ずさんでいるか自作を朗読していると解釈するのが妥当だろう。なお、詩人の詩は弱強五歩格の韻文だが、それはこの前後の台詞と同じ。

乗り越えていく。そこにお持ちなのは？
画家　肖像画です。あなたのご本の出版はいつですか？
詩人　タイモン卿へ献呈したらすぐに。
その絵を見せてください。
画家　自信作です。
詩人　本当だ。よく描けていますね。
画家　まあまあです。
詩人　すごいですよ！　この気品が
タイモン卿の地位の高さを物語っている。
この目は何という知性の光を放っていることか！
この唇には広大な想像力が溢《あふ》れている！
絵は動かずとも、雄弁です。
画家　ちょっとした肖像画です。
ここの筆遣いなんか――いいでしょ？
詩人　確かに、
自然は師を見出《みいだ》すべきだ、この技巧のうちに。〔☆〕
実物よりも満ちている、生き生きとした命に。※3〔☆〕
元老院議員数名登場〔して、舞台上を歩く〕。※4

※3　行末がstrifeとlifeで韻を踏む二行連句。シェイクスピアの用法では、二行連句は場面や長台詞を締めくくるときに用いられる。本作では、このようにシェイクスピアの用法とは異なる、突然挿入される形の二行連句（ミドルトンの用法）が頻出する（154～155ページ参照）。
なお、このように押韻があるところは、日本語でも最後の2字を同じ音に揃えた。また、記号を付すことで押韻があることを示した。記号は原文にはない。
※4　舞台上を歩くというト書きをカペルが付け加えたが、それは歩きまわって退場するという意味。何人か残ってタイモンの挨拶を受けるのかもしれない。

画家　まあ取り巻き連中の多いこと！
詩人　アテネの元老院議員たちです。幸せな人たちだ。※1
画家　ほら、まだ来る！
詩人　この溢れんばかりの客の波――
私は自分の作品に、一人の人物を描きました。
この下界がもろ手を挙げて歓迎し、
ちやほやしている人物です。流れるような
私の筆は、細かいところに拘泥せず、
滑らかに広大な海※2を流れ、いかなる悪意も
私の詩のどんな表現に籠《こ》められることなく、
飛翔《ひしょう》する鷲《わし》のごとく、大胆に進み、
あとに痕跡《こんせき》すら残さない。
画家　どういう意味です？
詩人　説明しましょう。
ご覧のとおり、立派で重々しい人たちから、
調子のいい、怪しい連中まで、いろんな人が
いろんな思いで、タイモン卿のもとへ
馳《は》せ参《さん》じています。その莫大《ばくだい》な財産を、
その善良にして寛大なお人柄ゆえに

※1　Fにはhappy menとあり、タイモン卿の屋敷へ迎え入れられている元老院議員たちを幸せだと解釈するのが一般的。但し、ペンギン版は、後に示されるようにタイモン卿は誰でも自由に屋敷に入れている――「おまえは酒場の給仕人よろしく、誰が来ようと歓迎し」（106ページ）た――のだから、その解釈はおかしいとし、「happy manと校訂して、大勢の元老院議員までも友としているタイモン卿が幸せと呼ばれているのだとしている。

※2　Fにはa wide sea of waxとあり、「広大な蠟の海」が何を意味するのか議論が絶えない。ペンギン版はwaxをtax（非難）と読み替えている。

誰にでも与えられるものだから、ありとあらゆる人たちが
あの方の愛を得、しもべになろうと身を投げ出す。そう、
相手に合わせるおべっか使いから、自分を呪うのが
大好きなアペマンタスまで※3——あいつまでもが、
あの方の前で膝《ひざ》を折り、よしと頷《うなず》いてもらうと
嬉《うれ》しそうに帰っていく。※4

画家　あの二人が話しているのを見たことがあります。

詩人　高き爽《さわ》やかな丘の上に、運命の女神が
鎮座なさっているところをイメージします。
麓《ふもと》には、何とか出世しようと、この地上で
汗水流しているさまざまな性質や才能の人々が
ずらりと並んでいる。そのなかにあって
運命の女神にじっと目を注いでいる
タイモン卿のお姿を私は※5詩に書きました。
女神はその象牙《ぞうげ》のような手で手招きをし、
その瞬間、かつての競争者たちは、あの方の奴隷や
召使いに成り下がる。

画家　適切なイメージだ。
運命の女神が丘の上の玉座から、

※3　アペマンタスは人から嫌われようとはするが自分を呪ったりしないので、詩人の理解は間違っているという指摘がある。

※4　この短い行（弱強三回＝三拍）を次の行とシェアード・ラインとする版（アーデン3版、オックスフォード版）もあれば、シェアード・ラインとすると六拍半と長くなりすぎるので短い行のままと解釈する版（アーデン2版、ケンブリッジ版、ペンギン版）もある。本作にはこのように韻律の解釈に問題が多く、そのため版によって行数表示が異なっている。韻文か散文かの解釈すら分かれているところもある。

※5　白いがゆえに美しい手。

下の方で、頭を下げて、幸せ目指して急な坂を
よじ登っている者たちのなかから一人を
手招きしている図というのは、絵に描いた方が
よく表現できるでしょう。

詩人　いいえ、まだ先をお聞きください。
つい最近まであの方の同僚だった連中は——※1なかには
もっと立派な人もいるというのに——とたんに
あの方につき従い、その邸《やしき》に入り浸《びた》り、
追従の囁《ささや》きをその耳に雨と注ぐ。その鐙《あぶみ》を
支えることすら神聖とみなし、あの方のおかげで
空気も吸えると、へりくだる。

画家　なるほど、それで？

詩人　ところが、運命の女神は気まぐれゆえに、
それまで大事にしていた者を蹴落《けお》としてしまう。
両手両足をついて必死に山上のあの方を目指して
よじ登っていた腰巾着《こしぎんちゃく》どもは、助けようともせず、※2
落ちていくタイモン卿のあとを追う者は一人としていない。

画家　よくあることです。※3
そのような運命の急変を示す寓意画《ぐうい》なら、

※1　運命の女神が手招きしたとたんに。
※2　let him sit down. 多くの編者はFの sit を slip と直すロウの校訂を踏襲する。ペンギン版は、エリザベス朝の手書きでは fall を sit に読み違えうるという編者シソンの説を採用して fall に校訂。いずれにせよ、「（滑り）落ちていくままにする」という意味になる。アーデン2版は sit のままとして、尻もちをつくイメージで解釈。オックスフォード版は flit（馬から転げ落ちる）という新たな校訂をしたが、アーデン3版はシェイクスピアが用いたことのない語だし意味が合わないと反論している。
※3　一拍半の短い行。後に三拍半の間がある。

一千枚でもお見せできますよ。言葉より遥《はる》かに
迫力がある。でも、下々の目は見たことがあると
タイモン卿にお知らせするのはよいことですね。
真っ逆さまの転落を※4。

ラッパ吹奏。タイモン卿登場、一人一人の請求者に丁寧に言葉をかけ［、ヴェンティディアスからの使者と話す。ルシリアスその他の召使いたちが続いて登場す］る。

タイモン　投獄されただと？
使者　はい、閣下。借金は五タレント※5。
持ち合わせはなく、債権者の取り立てが厳しいのです。
どうか閣下から、投獄した連中に宛てて
一筆お書きください。それがだめなら、
主人は終わりです。
タイモン　立派なヴェンティディアスが！
よろしい。私は、友が私を最も必要としているときに
見限るような人間ではない。よく知っている。
助けてやるにふさわしい紳士だ。
だから助けよう。負債を払い、自由放免にしよう。

※4　The foot above the head.「頭が足の下になって」（真っ逆さま）とアーデン3版とリヴァーサイド版は解釈するが、ペンギン版は「繁栄する者の頭の上に運命の女神の足が置かれる」とする。「下々の足が」とする解釈もある。

※5　一タレントはもともと重量の単位で、ギリシャでは二十五キロから三十キロの銀に相当したので、十七世紀初頭のイギリスでは百ポンドから百八十ポンドという大金に相当する。ある試算によれば現在の日本円にして五タレントは約一千万円。但し、作者はあまり深く考えずにこの馴染みのない単位を用いていたふしがある。（54ページ注6参照）。

使者　主人は、このご恩を決して忘れません。

タイモン　よろしく伝えてくれ。保釈金※1を送るから、
出獄したら私のところへ来るように言ってくれ。
弱き者を立たせるのみならず、
そのあとも支える必要がある。※2 さようなら。

使者　閣下にあらゆる幸せがありますよう！

退場。

アテネの老人登場。

老人　タイモン卿《きょう》。お願いがあります。

タイモン　何でも聞きましょう。

老人　ルシリアスという名の召使いをお抱えですね。

タイモン　確かに。あれが、どうしました？

老人　気高いタイモン卿、あの男をここへお呼び出しください。

タイモン　ここにいるかな？　ルシリアス！

ルシリアス　はい。ここに控えてございます。

老人　この男は、タイモン卿、あなたのところのこいつ※3は、
毎晩うちにやってくるのです。わしは、
若い頃からこつこつと財産を作り、

※1　ransom　債務者監獄から出すために必要な保釈金。

※2　新約聖書「ルカによる福音書」第十章第三十三節以下にある善きサマリア人の話（追いはぎに遭った人を助けたのみならず、宿屋で介抱させ、費用がもっとかかったら帰りがけに払いますと言った）を想起させる。

※3　creature　軽蔑が籠められている語だとアーデン2、3版は指摘する。

※4　ペンギン版、アーデン2、3版は、いずれもこの二拍半の短い行（The man is honest.）を前の行（Myself have spoke in vain.＝三拍）とシェアード・ラインとする。すると、次の Therefore he will be, Timon. とい

今じゃ立派な大旦那《おおだんな》だ。跡継ぎに、
皿運びの給仕ってわけには参りません。

タイモン　それで？

老人　わしには一人娘がおります。財産を
譲る身内は、ほかにございません。
美しい娘で、嫁《とつ》ぐには早いが、年頃になりました。
どこに出しても恥ずかしくないよう、精一杯
金をかけて花嫁修業をさせてきました。それを
この男が口説きおって――どうか、閣下、
二度と娘のところへ来ぬようお命じください。
私が言っても無駄だったので。

タイモン　これは正直者だ。※4

老人　ですから、正直な振る舞いをさせてください、タイモン。

正直であることは、それ自体で美徳だ。
うちの娘までつけてやる必要はない。

タイモン　娘さんの気持ちは？

老人　若いから、ほだされる。
若ければのぼせあがることは、
わしらの昔を思い出してもわかること。

う三拍半の行のあとに一拍半のポーズが入ることになる。これまでLord Timon, noble Timonと丁寧に呼びかけていた老人がここで急にタイモンを呼びつけにして怒りを表明する効果がこの一拍半のポーズによって強調される。

ケンブリッジ版は「私が言っても無駄だったので」の後に二拍の間をとり、タイモンに二拍分考えさせてから「これは正直者だ」と答えさせ、次の老人の台詞とシェアード・ラインとしているが、あまり劇的ではない。

オックスフォード版はどの行もシェアード・ラインとしておらず（どの行の後にも間が入ることになる）、さらに劇的ではない。

タイモン　〔ルシリアスに〕娘を愛しているのか？

ルシリアス　はい。そして、娘さんも承諾してくれました。

老人　もし、わしの承諾なしに娘が結婚するというなら[※1]、
神も照覧あれ、わしはそこいらの
乞食《こじき》のなかから婿を選び、娘に財産は
何一つ与えない。

タイモン　もし娘さんが身分相応の相手と結婚するなら[※2]、
どれぐらいの財産をやるつもりかね。

老人　直ちに三タレント[※3]。ゆくゆくは全財産を。

タイモン　この紳士は私に長く仕えてくれている。
その身分をよくするために、少し骨を折ろう。
それが人としての務めだろう。娘さんをこの男にやりなさい。
あなたが与える財産に釣り合うものを私が
この男に与え、対等にしようじゃないか[※4]。

老人　気高い閣下、
名誉にかけてお約束くださるなら、娘をやりましょう。

タイモン　さあ、手だ。約束は名誉にかけて守る。

ルシリアス　慎んでお礼を申し上げます。今後私が
どのような幸運に恵まれましても、すべては

※1　当時、若者が親の承諾なしに結婚することは許されなかった。親が子供の結婚を決める権限を持っていたことは、『夏の夜の夢』や『ロミオとジュリエット』参照。

※2　ほとんどの現代版ではこのようにこの行を前の行とシェアード・ラインにしているが、全部で六拍半となってしまうため、アーデン3版ではシェアード・ラインとせずに、短い行としている。

※3　13ページ注5の試算でいくと六百万円。

※4　『終わりよければすべてよし』における王と似て、結婚に際して片方の身分を引き上げて釣り合うようにしてやるという《絶対権力》に似た力をタイモンは持っている。

旦那様のおかげでございます。

〔ルシリアス、老人とともに〕※5退場。

詩人　わが作品を差し上げます。閣下のご長寿をお祈りして。※6

タイモン　ありがとう。あとで沙汰《さた》をするから、
ここにいてくれ。※7〔画家に〕君が持ってきたのは何かな？

画家　絵です。どうか閣下に、
お受け取り頂きたく思います。

タイモン　絵はいい。
描かれた人物は、ほぼそのままの人物だ。
不正直が流行《はや》り出してからというもの、
人は見かけだけになってしまった。このペン画は、
描かれたとおりで裏がない。気に入った。
気に入ったことを君にわかってもらおう。追って
沙汰をするまで、待っていてくれたまえ。

画家　神のご加護を。

タイモン　さらばだ、握手をしよう。
そのうち一緒に食事でも。〔宝石商に〕君の宝石の評判には
困ったものだ。

宝石商　え、評判が悪いので？※8

※5　二人仲良く一緒に退場する。アーデン3版は、二人はタイモン卿がこのような対応をするのを見こみ、最初から二人で仕組んで芝居を打った可能性もあると指摘する。

※6　Fではなぜかこの一行が二行に分けて印刷されている。

※7　詩人はここで少し脇へ寄って、タイモンが画家に話しかけるのを邪魔しないようにするのだろう。タイモンの八方美人ぶりが強調される場。

※8　ほとんどの現代版ではこの行を前の行とシェアード・ラインにして一行と数えているが、全部で六拍となってしまうため、ケンブリッジ版ではシェアード・ラインとせずに、短い二行としている。

タイモン　良すぎるんだよ――
称賛どおりの代価を支払うなら、
私は破産だ。

宝石商　閣下、値段は売り手がつけるもの。
とは言え、物の価値が持ち主によって異なることは、
ご承知のとおり。正直申しまして、閣下、
この宝石の価値も、閣下が身につけてくだされば、
一層高まるのです。[※1]

タイモン　うまいことを言う。[※2]

アペマンタス登場。[※3]

商人　いえ、閣下、この者の申すことは、
誰もが口にするよくあることです。

タイモン　おや、あいつが来た。みんな叱られるぞ。

宝石商　閣下と一緒に耐えましょう。

商人　誰一人容赦されないぞ。

タイモン　おはよう、優しいアペマンタス。

アペマンタス　俺が優しくなるまで、そのおはようは取っておけ。
そしたら、おまえがタイモンの犬、この悪党どもは正直者だ。[※4]

※1　シェイクスピアのソネット九十六番「玉座に座す女王の指にあれば卑しき宝石も高く評価される」参照。

※2　アーデン2、3版に従ってここをシェアード・ラインと解釈した。タイモンは間髪を容れずに反応し、テンポよく展開する。

※3　オックスフォード版は、このト書きを商人の台詞の後に移動しているが、Fのとおりここでアペマンタスはヌメッと登場し、商人はそれに気づかないのだろう。

※4　俺が優しくなる時は絶対来ないはずなので、もしそんな時が来たら天地がひっくり返り、タイモンはタイモンの犬となり、この悪党どもは正直者となってしまう、の意。

タイモン　なぜこの人たちを悪党と呼ぶ？※5　知らない人たちだろ。
アペマンタス　アテネ人だろ？※6
タイモン　そうだ。
アペマンタス　じゃ※7、失礼なことは言っていない。
宝石商　私を知っているのか、アペマンタス？
アペマンタス　わかってるだろ。さっき名前※8で呼んだじゃないか。
タイモン　いい気になるな、アペマンタス。
アペマンタス　タイモンとは違うという点でいい気になるね。
タイモン　どこへ行く？
アペマンタス　正直なアテネ人の頭を叩《たた》き潰《つぶ》しに。
タイモン　そんなことをしたら死刑だ。
アペマンタス　そう、居もしないやつを殺すことが死刑ならね。
タイモン　この絵をどう思う、アペマンタス？
アペマンタス　最高だね、ばからしいところが。
タイモン　これを描いた画家の腕前は大したものだろう？
アペマンタス　画家をお造りになった神様の腕前の方が大したものだが、お造りになった作品はできそこないだ。
画家　この犬め。
アペマンタス　おまえのお袋は俺と同類だ。俺が犬なら、お袋はビ

※5　ケンブリッジ版は、『リア王』第二幕第二場で変装したケントがオズワルドを悪党と呼んだときにコーンウォール公爵が同様に「なぜこの男を悪党と呼ぶ？」と尋ねていることに着目する。ケントも相手を犬と呼び、「石工や絵描きでもこんな不細工なやつは作れない」と言っており、それがアペマンタスの「画家をお造りになった神様の腕前」を褒めて「作品はできそこない」と言うのと呼応すると指摘している。

※6　ここから使者登場まで散文に変わる。くだけた掛け合い漫才的なやりとりになる。

※7　アテネ人は全員悪党だという理屈。

※8　「悪党ども」と呼んだということ。

ッチか？
タイモン　食事を一緒にどうだ、アペマンタス？
アペマンタス　いや、俺は貴族連中を食いものにはしないんでね。
タイモン　そんなことをしたら、奥方連中に怒られるぞ。
アペマンタス　いや、奥方は貴族を召しあがる。だから腹が膨れる。
タイモン　そいつは淫《みだ》らな解釈だな。
アペマンタス　そう解釈するのはあんただ。好きだねえ。
タイモン　この宝石をどう思う、アペマンタス？
アペマンタス　正直さほどには好まないね。正直の方は一銭もかからないから。
タイモン　いくらすると思う？
アペマンタス　考える値打ちもないと思う。やあ、詩人か？
詩人　よう、哲学者。
アペマンタス　嘘つきめ。
詩人　おまえは哲学者じゃないのか。
アペマンタス　哲学者だ。
詩人　じゃあ、嘘ついてないじゃないか。
アペマンタス　おまえは詩人か？
詩人　そうだ。
アペマンタス　じゃあ嘘つきじゃないか。こないだの作品で、こいつのことを「立派なお方」

とか書きやがって。

詩人　そりゃ嘘じゃない。事実だ。

アペマンタス　確かにおまえにとっては、作品に立派な報酬をくれる立派な人だ。追従を好む者は、追従者には価値がある。ああ、俺が貴族だったらなあ！

タイモン　そしたらどうする、アペマンタス？

アペマンタス　今やっているとおり、心から貴族を憎む。

タイモン　何、自分を？

アペマンタス　そうだ。

タイモン　なぜ？

アペマンタス　なっちまえば、なるんじゃなかったと知恵をかぎりに腹を立てるだろうからさ。おまえ、商人だろ？

商人　そうだ、アペマンタス。

アペマンタス　商売で破滅しろ。神々が手を下さずとも。

商人　破滅するとしたら、それは神の御《み》心では？

アペマンタス　商売がおまえの神だろ。その神に滅ぼされるがいい！

ラッパ吹奏。使者登場。

タイモン　あのラッパは何だ？

使者　アルキビアデス様[※1]と二十騎ほどの方々が、

※1　英語発音はアルシバイアディーズ。アテネの政治家・軍人（紀元前四五〇年頃〜紀元前四〇四年）。「訳者あとがき」参照。

連れ立ってお見えになりました。

タイモン　どうか歓迎してくれ。こちらへご案内を。

〔使者とともに従者数名退場。〕

一緒に食事をしてください[※1]。お礼がすむまでは帰しませんよ。食事のあと、その作品を見せてください。お会いできてよかった。

アルキビアデスとその一行登場。

ようこそいらした。

アペマンタス　そう、そう――ほーら！　その良く曲がる関節が痛みにとっつかまって曲がらなくなればいい！　愛情のかけらもないくせに、このおべんちゃら野郎ども、へいこらしやがって。人類は猿や狒々《ひひ》に成り下がったか[※2]。

アルキビアデス　閣下、お目にかかりたいとずっと願っていた、その思いがようやく満たされました。

タイモン　ようこそ、いらした！

別れの時まで、いろいろおもてなししたい。贅沢《ぜいたく》な時間をともにしましょう。さあ、中へ。

〔アペマンタスを残して〕一同退場。

※1　この場にいる全員に次々に声をかけているのであろう。この三行の台詞を言いながら、今いる客を食堂へ誘導して、アルキビアデスの一行を迎える準備をしているのかもしれない。

※2　Fでは散文の台詞。カペルがこれを韻文に組み直し、ペンギン版、アーデン2版、オックスフォード版が踏襲しているが、韻律が整わないので意味がない。この劇では、ほかの人が韻文を話していようが、アペマンタスはかまわずに散文を話すことが多い。『お気に召すまま』第二幕第五場のジェイクィズの台詞「礼なんてのは、二頭のヒヒが頭を下げ合うようなものだ」参照。

二人の貴族たち登場。

貴族一　今何時だね、アペマンタス？
アペマンタス　正直になるべき時だ。
貴族一　それはいつでもそうだろう。
アペマンタス　なのにおまえはいつだって取り逃がしちまうから地獄堕《お》ちだな。
貴族二　タイモン卿《きょう》の宴会へ行くのか？
アペマンタス　ああ。肉が悪党を満たし、ワインが阿呆《あほう》を温めるのを見にね。
貴族二　さようなら。さようなら。
アペマンタス　二度もさようならを言いやがって、ばかだね。
貴族二　なぜだ、アペマンタス？
アペマンタス　一つを自分用にとっておきゃよかったんだ。俺はおまえにさようならなんて言ってやらないからね。
貴族一　くたばりやがれ！
アペマンタス　いや。おまえに命じられたことは一切やるもんか――くたばるのは、お友達にお願いしたらどうだ？
貴族二　失《う》せろ、うるさい犬め。さもないと蹴《け》っ飛ばすぞ。
アペマンタス　阿呆に蹴られる犬よろしく、逃げ出そう。　〔退場。〕

貴族一　人間全体を敵にまわすやつだ。[※1]
さあ、なかへ入って、タイモン卿のご馳走《ちそう》を味わおうか？
親切の権化をも超えたお方だ。
貴族二　親切が溢《あふ》れ出ている。黄金の神プルートス[※2]も、
タイモン卿の執事にすぎない。どんな贈り物も
七倍にして返礼する。何か差し上げれば、
差し上げたほうは、さらなる利益を手にする
という具合だもの。
貴族一　あれほど気高い心の持ち主は
ほかにはいないだろう。[※3]
貴族二　いつまでもお幸せでありますよう。入りましょうか？
ご一緒に。[※4]
一同退場。

〔第一幕　第二場[※5]〕

オーボエの高らかな吹奏。盛大なご馳走が運び込まれ、やがてタイ

※1　ここから韻文に戻る。
※2　もともとは農耕の収穫の神だったが、豊穣と富の神と見なされる。足が悪いのでなかなか訪れない。目が見えないので、悪い人にも富を与える。
※3　三拍の短い行。あとに二拍の間が入る。
※4　Fでは貴族二の台詞だが、ペンギン版、オックスフォード版、アーデン3版はこれを貴族一の返事と解釈している。
※5　Fに幕場割りはない。二行連句で前の場面が締められるわけでもなく、貴族一・二が奥へ入るのと入れ替わりに舞台上にテーブルがセットされ、大勢が登場して、流れるように次の場面に続くのであろう。

モン卿、元老院議員たち、アテネの貴族たち、〔アルキビアデス、〕
タイモンが出獄させたヴェンティディアス登場。一同より遅れて、
アペマンタスが例によって不機嫌そうに登場。

ヴェンティディアス　最も気高いタイモン卿、
神々はわが父の寿命をお忘れにならず、
長き安らぎへとお召しになりました。
幸せに世を去った父は私に財産を遺《のこ》してくれましたので、※6
閣下の寛大なお心に救われた私としては、
感謝の意を籠《こ》めて、このお金をお返し致したく存じます。
ありがたくも閣下のご尽力のおかげで、自由の身と
なったのですから。

タイモン　いや、それはいけない、
ヴェンティディアス。わが友情を誤解している。
あの金は差し上げたものだ。返してもらっては、
差し上げたことにならんではないか。たとえお偉方が
貸し借りをなさろうと、その真似をするもんじゃない。〔★〕
金持ちの罪は赦《ゆる》されても、我々は赦されない。※7〔★※8〕

ヴェンティディアス　何と気高い！

※6　なぜ父親は息子の保釈金を出してやらなかったのか。イタリアの詩人マッテーオ・マリーア・ボイアルドが語る『ティモーネ』（タイモン）には、父親に勘当された若者が投獄され、その召使いが奔走する話があり、参照したかもしれない。

※7　格言「金持ちに過ちなし」を踏まえている。金持ちは何をしても咎められないという意味。タイモンはあえて自分は金持ちでないと言いたいらしい。なお、「ルカによる福音書」第六章第三十四節以降に、返してもらうことを当てにして貸すのではなく、何も当てにしないで貸しなさいとある。

※8　dare と fair で韻を踏む二行連句。

タイモン　いや、諸卿、
儀礼というものは、そもそも、つまらない行為や空虚な
歓迎を飾り立て、太っ腹な申し出をしたのを後悔して
取り消すために考案されたものだ。しかし、
真の友情があるところでは、儀礼は不要だ。
どうかおすわりを。わが富で諸君をもてなす喜びは、
この富が私のものである以上に大きいのだ。

貴族一　閣下、我々もまさしくそう思っておりました。

アペマンタス※1　まさしくそうじゃなくて、まさにクソと思ったんじゃ
ないのか※2？

タイモン　おや、アペマンタス。よく来た。

アペマンタス　いや。
よくは来ないぜ。おまえに叩《たた》き出されるべく
やってきたんだ。

タイモン　くだらんことを。そんなひねくれ根性は
男にふさわしくない。いけないことだぞ。
諸卿、怒りは短き狂気なり※3と申します。
ところが、あの男はいつも怒っている。
さあ、あいつには一人用テーブルにつかせてやれ。

※1　この場面では一貫して Aper. と書かれている。

※2　貴族一が confess という言葉を用いたので、「白状して首をくくれ」という当時の表現に基づいて「首をくくったんじゃないのか？」と言っている。ここでは貴族一の言葉に茶々を入れる台詞として訳した。

※3　*ira furor brevis est*——原文はラテン語。

※4　キリストが裏切られているイメージ（「マタイによる福音書」第二十六章第二十三節参照）。

※5　knives と lives で韻を踏む。このように散文の直後に二行連句が入る例はシェイクスピアの書き方ではない。「訳者あとがき」154～155ページ参照。

仲間は要らないようだし、人と同席するに
ふさわしくないやつだからな。

アペマンタス　追い出さないなら、好きにするがいい、タイモン。
警告する。俺は観察しに来たのだ。

タイモン　おまえのことなど気にしない。おまえはアテネ人だ。だから歓迎する。私にはおまえを黙らせる力はないが、私の食事を食べて静かにしていてくれ。

アペマンタス　おまえの食い物など軽蔑《けいべつ》する。食ったら喉《のど》が詰まる。俺はおまえにお世辞を言ったりしないからな。ああ、神々よ！　何て大勢がタイモンを食いものにして、タイモンにそれがわかっていないことか！　こんなに大勢が一人の男の血に肉を浸《ひた》して食っているのを見ると悲しくなる。※4　しかも、当の本人がそれを焚《た》きつけているんだから、まったくもって狂気の沙汰《さた》だ。

人が人を信用するとは不思議なり。
客を招くなら禁じたほうがいい、ナイフ持参は。〔◇〕
肉も減らずに済むし、命を狙われたらかなわんわ。〔◇〕※5

例には事欠かない。タイモンの隣のあの男、パンを分け合い、盃《さかずき》を分け合って健康を祈って乾杯しているが、あれなんか真っ先にタイモンを殺すね。明らかだ。俺が偉い人だったら、

食事の席で酒を飲む気にはなりゃしない。
ゴクリと飲んで喉笛《のどぶえ》の場所がわかって危険きわまりない。〔◆〕
お偉方は喉当てでもつけなきゃ、酒も飲めやしない。〔◆〕

タイモン　乾杯だ、閣下。皆に祝杯をまわしてくれ。
貴族二　こちらにもお流れを。
アペマンタス　お流れだと？　感心なやつだ。潮の流れを心得ていやがる。そうやって乾杯しているうちに、おまえの財産はどんどんこぼれていくんだ、タイモン。
〔水のグラスを掲げて〕これは正直な水、罪を生む力はない。〔△〕
これのせいで泥にはまったやつはいない。〔△〕
この水とわが食事は同じようにつつましい。〔▲〕
贅沢すぎるご馳走は神に感謝するにはおこがましい。〔▲〕※1

アペマンタスの食前の祈り。

永遠の神々よ、私は財産を欲しません。〔▽〕
自分のためにのみ祈り、人のためには祈りません。〔▽〕
誓いや契約があるからと人を信じるは愚か者。〔▼〕
そんなふうには、なりたくないもの。〔▼〕
泣かれたからといって娼婦《しょうふ》に気を許したり、〔◎〕
眠っているように見える犬に油断したり、〔◎〕
牢屋《ろうや》の番人にこの身の自由を委《ゆだ》ねませんよう。〔○〕
必要だからと友を信じませんよう。〔○〕
アーメン。さあ、食うぞ。〔●〕

※1　sinner と mire、odds と gods で韻を踏む二重二行連句。
　このあとの食前の祈りは弱強四歩格で二行連句が続く。

金持ちどもは罪を味わえ。俺はこの根菜を味わうぞ。〔●〕

さあ、アペマンタスは、いただきます。〔食べ始める。〕

タイモン　アルキビアデス将軍、心は戦場に飛んでおいでかな？

アルキビアデス　わが心は常に閣下とともにあります。

タイモン　味方と晩餐《ばんさん》をするより、朝飯《あさめし》代わりに敵を平らげたいのだろう？

アルキビアデス　倒したばかりの新鮮な敵ほどのご馳走はありません。わが一番の友をそのような宴会にご招待したいものです。

アペマンタス　ここにいるごますりどもが、おまえの敵であればいい。そうしたら、こいつらをぶっ殺し、俺をご馳走に招くがいい。

貴族一　閣下、私どもの熱意のいくらかでも表すことのできますよう、何か心尽くしをさせて頂けますれば、大慶《たいけい》至極に存じます。

タイモン　いや、諸君、神々の思《おぼ》し召しにより、必ずや私は大いに皆さんの援助を必要とすることになりましょう。でなくば、皆さんは、わが友とは言えますまい。何千人もの人々のなかからまさに皆さんだけをその愛すべき名前でお呼びするのも、皆さんがわが心と結びついているからにほかなりません。皆さんはご自身のことを謙遜《けんそん》してお考えですが、それ以上の方々なのだと私は自分自身に言い聞かせてきました。そこまで皆さんの友情を信じているのです。ああ、神々よ――と私は考えました――友の助けが要らぬのであれば、友を持つ必要があろうか。友に何の用もないのであれば、まったく不用ではないか。箱に収められて妙《たえ》なる調べも聴かせない素敵な楽器と変わりはしない。自分がもっと貧しければと何度願ったことでしょう。そうすればもっと皆さんに近づける。人は人の役に立つために生まれてくるものです。とすれば、友という宝ほど財産と呼ぶにふさわしい、すばらしいものがあるでしょうか。ああ、こんなに大勢が兄弟のように互いの財産を自由に使えるというのは、何とありがたい安らぎであることでしょう！　ああ、喜びが生まれたとたん、涙で消されそうだ。この目に溢《あふ》れるのを抑えられない。この失態を忘れるために、君たちに乾杯しよう。

〔タイモンは乾杯する。〕

アペマンタス　おまえの涙はこいつらの酒の肴《さかな》だぞ、タイモン。※1

貴族二　我々も、うれし涙が生まれてきて、生まれた瞬間、赤子のように飛び出します。

アペマンタス　おやおや！　そいつは虚偽の子だろ。※2　笑えるぜ。

貴族三　本当に、閣下、大いに感動させられました。

アペマンタス　何が大いにだ！

ラッパ吹奏。※3

タイモン　あのラッパは何だ？　どうした？

使者登場。

※1　アペマンタスの台詞は観客にしか聞こえない。

※2　涙なんか出てないくせに、という意味。

※3　Fではここに「ラッパ吹奏。リュートを手にしたアマゾンたち、踊りつつ演奏しつつ登場」とあり、かつ次ページのキューピッドの登場時に、仮面をつけた貴婦人たちの登場を再度指示している。この混乱は、脚本が上演用に整えられる以前のものであることを示している。

使者　申し上げます。御婦人方がお目通りを願っております。
タイモン　御婦人方？　どのような用件だ？
使者　御用向きをお伝えすべく、先触れ役が参っております。
タイモン　丁重にお通ししてくれ。
〔使者退場。〕
キューピッド登場。※4
キューピッド　万歳、立派なタイモン卿《きょう》。そしてその恩恵にあずかる方々。人間の優れた五感は汝《なんじ》を主人と仰ぎ、その恵み深きお心を寿《ことほ》ぐべく馳《は》せ参じます。食卓で満たされたのは、味覚と触覚。〔　〕これからは楽しませてください、皆さんの視覚。〔　〕※5
タイモン　よく来た。さあ、入ってくれ。音楽だ。歓迎してくれ。
貴族一※6　どれほど閣下が愛されているかわかりますね。
〔音楽。〕それぞれリュートを手にしたアマゾン〔に扮《ふん》した婦人〕たち、踊りつつ演奏しつつ登場。
アペマンタス　おやおや。

※4　少年がキューピッドに扮して演じる先触れ役。目隠しし、翼をつけ、弓矢を手にしている。『ロミオとジュリエット』第一幕第四場参照。シェイクスピア作品で実際に登場するのはここだけ。
※5　*rise* と *eyes* で韻を踏む。散文のあとで二行連句とするのは、シェイクスピアでは考えられず、ミドルトンに見られる書き方である。ここを書いたのはシェイクスピアと信じるペンギン版は、Fの散文を韻文に組みかえてシェイクスピアの書き方に近づけているが、韻律は整わない。
※6　Fには *Luc.* とある。ペンギン版はルーカラス卿、オックスフォード版はルーシアス卿の台詞としている。

何たる虚栄の群れがやってくることか。
踊るのか？　狂喜乱舞か。
狂気と言えば、この世の栄耀《えいよう》栄華だ。
少しの油と根菜で足りるのに、このご馳走《ちそう》はどうだ。
ばかみたいに楽しく過ごし、
おべっかを使って乾杯し、
相手が落ち目になると、※1
憎悪と悪意を籠《こ》めた毒とともに吐き出す。※2
いるだろか、悪口を言いも言われもしないやつなど？〔■〕
いるだろか、墓場へ傷を持っていかないやつなど？〔■〕※3
友から受けた傷※4を？
今俺の前で踊ってるこいつらは、いつか
俺を踏みつけにする。するさ、それくらい。〔※〕
沈みゆく太陽には戸を閉めるのが世の習い。〔※〕※5

貴族たちは席を立ち、タイモンにうやうやしく頭を下げながら、アマゾンを一人ずつ選び、男女ペアになって全員踊る。オーボエに合わせて、格調高い曲が、一、二曲演奏されて止む。

タイモン　美しい御婦人方、宴《うたげ》に花を添えて、※6

※1　ageとあるが、単なる老年ではなく、ケンブリッジ版が指摘するようにdecay of fortuneと解釈する。
※2　三拍半の短い行。
※3　depravesとgravesで韻を踏む。台詞の途中で挿入され、しかも、二行連句の直前の行が異様に短いのは、シェイクスピアの書き方ではない。シェイクスピアの不得意な仮面劇の描写があるこの場面は、仮面劇の執筆も多いミドルトンの筆になると考えられる（ちなみに、シェイクスピアは仮面劇を一つも書いていない）。
※4　二拍の短い行。
※5　doneとsunで韻を踏む。没落する者に世間は背を向けるという格言は、本作を要約する。

わが余興を美しく盛り立ててくださった。
これがなければ美しさも華やかさも半減した。
皆さんのおかげでこの宴は輝かしいものとなり、
この席の主人である私をも楽しませてくださった。
厚く礼を言う。※7

貴婦人一※8　まあ、私どものいいところばかりお取りくださって。

アペマンタス　そりゃ、悪いところは汚くって、さわれもしないからな。※9

タイモン　御婦人方、ちょっとした軽食が用意してあります。
どうぞお楽しみください。

貴婦人たち　ありがとうございます、閣下。

〔キューピッドと貴婦人たち〕一同退場。

タイモン　フレイヴィアス！

フレイヴィアス※10　ご用ですか？

タイモン　あの小箱を持ってこい。

フレイヴィアス　かしこまりました。〔傍白〕また宝石か？
こういうときの旦那《だんな》様にはご意見しても聞いてもらえない。※11
だが、しなければ、しなかったことを後悔するだろう。〔＊＊〕
破産なされば、借金をなかったことにしたがるだろう。〔＊※12＊〕
太っ腹というやつ、残念ながら目はうしろについてない。〔☆〕

※6　この一行は拍が多すぎ、リズムが乱れている。Fでは二行。
※7　三拍の短い行。
※8　Fでは *I Lord* となっているが、誤植であろう。
※9　性病に罹っているだろうから触ると（交わると）危険だという意味合いがある。
※10　この登場人物はこの場面でのみ *Fla.* と記され、それ以降は *Steward*（*Ste.* /*Stew.*）と記される。
※11　この行で「逆らう」という意味で用いられたcrossという語が、二行後には借金帳簿から借金を線で消す（借金を帳消しにする）という意味で用いられて言葉遊びになっている。
※12　should と could で韻を踏む二行連句。

ついてたら、悔やむことには、なりゃしない。〔☆〕[※1]　　退場。

貴族一　うちの召使いはどこだ？[※2]

従者　ここに控えてございます。

貴族二　馬を！[※3]

　フレイヴィアス登場。[※4]

タイモン　ああ、皆さん、お待ちを。〔貴族一に〕一言、
あなたに申し上げたい――どうでしょう、閣下、
あなたに身につけて頂いてこの宝石の価値を
高めて頂きたいのだが――
どうかお受け取りの上、ご着用頂きたい。

貴族一　すでに十分な贈り物を頂いております。

一同　皆同様です。

　召使い登場。

召使い　旦那様、元老院のお偉方が、ご面会のため、たった今お着きになりました。

タイモン　丁重にお迎えしろ。

※1　behind と mind で韻を踏む二行連句。シェイクスピアの場合、このように二行連句を二回用いるのは、長い台詞か場面を締めくくるときに限られる。

※2　ここと次行の二行は散文。このような安易な散文の挿入もミドルトン的。

※3　この行と次のタイモンの第一行はシェアード・ライン。つまりここから韻文。但し、Fでは「ああ、皆さん」だけで一行にしており、印刷が乱れている。

※4　Fではこのト書きが、次のフレイヴィアスの台詞の直前に置かれているが、タイモンは小箱に入った宝石をフレイヴィアスから受け取るので、フレイヴィアスはここで登場しなければならない。

フレイヴィアス　失礼ながら、一言お話がございます。[※5]〔召使い退場。〕旦那様に深く関わることで。

タイモン　私に関わる？　では、別の機会に聞くとしよう。[※6]どうかお客のおもてなしに粗相のないようにしてくれ。

フレイヴィアス　どうしたらそんなことができるものか。

別の召使い登場。

召使い二　申し上げます。ルーシアス卿が、[※7]旦那様への贈り物として、日頃の敬愛の気持ちを籠め、銀の馬具をつけた純白の馬四頭をお届けくださいました。

タイモン　喜んでお受けしよう。贈り物は丁寧に面倒を見るように。〔第二の召使い退場。〕

第三の召使い登場。

どうした？　何の知らせだ？

召使い三　申し上げます。気高き紳士ルーカラス卿が、明日、旦那様に狩猟のお付き合いを願いたいとして、二頭のグレイハウンド犬をお届けになりました。

※5　vouchsafe me a word——シェイクスピアがよく用いる表現だが、ミドルトン作品には例がない。ミドルトンが書いた場面だが、シェイクスピアが手を加えたということか？　なお、この直前の召使いの台詞から、また散文に戻っている。

※6　『ジュリアス・シーザー』第三幕第一場のシーザーの台詞を想起させる。

※7　Fでは韻文。アーデン3版は前後と合わせて散文にしてしまっているが、韻文と散文を安易に切り替えるのはミドルトンの特徴。次の召使い三の台詞は散文。

タイモン　狩りのお相手をしよう。贈り物は頂いて、
豪華な返礼をしよう。

フレイヴィアス　〔傍白〕この調子でどうなるんだ？※1
もてなせ、豪華な贈り物をしろとお命じになるが、
金庫はすっかり空っぽだ。ところが、
旦那様はお財布のことを知ろうとなさらず、
お心には願いを叶《かな》える力はなく、乞食《こじき》同然なのだと
私からお知らせする機会すら与えてくださらない。
財力を超えたお約束を次々になさるので、
口になさることはすべて借金になる※2――
一言一言が負債を生む。お優しいから利息まで
お支払いになり、お持ちの領地は抵当に入っている。
破産してクビになる前に、何とか
この役職から退きたいものだ。
友の顔してもてなされ、敵より悪《あ》しき食わせ者、〔★〕
そんな友など持たぬのが幸せというもの。〔★〕※3
旦那様を思うと胸が痛む。　退場。

タイモン　そんなに謙遜《けんそん》なさいますな。

※1　直前のタイモンの台詞とシェアード・ラインとなっている。タイモンの台詞から韻文に戻っている。

※2　Fではこの行がThat what he speaks is all in debt, he ows for eu'ry word: と長くなっており、最後の三語を次行にまわして韻律を調整する校訂が行われるのが普通。韻律の乱れを気にしないのはミドルトンの特徴。

※3　feed と exceed で韻を踏む二行連句。このように台詞の最後を締めくくる用い方はシェイクスピア的。最後に退場しながら言う、おまけの一行がつけ加わる例もシェイクスピアにはある。なお、このの傍白のあいだじゅうタイモンと客たちの談笑が続いている。

ご自身の美点をおとしめ過ぎだ。
さあ、閣下、つまらない品だが。
貴族二　大いなる感謝を持ってお受け致します。
貴族三　ああ、まさに太っ腹の権化ですな。
タイモン　そう言えば、閣下、先日、私が乗っていた栗毛の馬を褒めてくださいましたね。お気に入ったのでしょうから、差し上げます。※4
貴族三※5　いやいや、それは平にご勘弁を。
タイモン　いや、まちがいない。気に入ったものでなければ、※6
正しく褒めあげることはできない。
友人の好みはわが好み同然。本当です。
〔客は帰り仕度を始める。〕
今度は私が皆さんの家に呼ばれましょう。
貴族たち　大歓迎致します。
タイモン　皆さんがこのようにわが家へいらしてくださるのは、
本当にありがたい。お礼の品だけでは足りません。
一人ずつ王国を差し上げたとしても、
満足できないくらいです。アルキビアデス、

※4　突然散文になっている。シェイクスピアでは考えられない。無理に韻文に変えようとしても韻律が整わないため、どの現代版も散文のままとしている。
※5　Fでは貴族一の台詞としているが、どの現代版も貴族三に直している。カペルの解釈によれば、貴族一に続いて貴族二もタイモンから贈り物を受け、貴族三は自分を忘れないでほしいと思って「太っ腹の権化」とタイモンをもちあげてみたところ、作戦は功を奏して自分も贈り物を貰えることになった。
※6　このタイモンの四行の台詞は、Fでは散文だが、韻文に直すと韻律が整うので、ペンギン版以外は韻律にしている。

君は軍人だ。だから、金持ちにはなるまい。
金は慈善によって君の手に入る。なにしろ君の暮らしは、
死人に囲まれており、君が持つ土地は
戦場なのだから。

アルキビアデス　そう、血で汚れた土地です。※1

貴族一　〔タイモンに〕本当にありがとうございました。※2

タイモン　こちらこそ。

貴族二　お世話になりました。

タイモン　お気をつけて。明かりだ。もっと明かりを！※3

貴族一　最高の幸福、名誉、財産が、タイモン卿《きょう》とともにありますように。※4

タイモン　それらがわが友のためにありますよう。※5

貴族たち退場〔し、アペマンタスとタイモンのみ残る〕。※6

アペマンタス　何て騒ぎだ！
ぺこぺこしやがって、まるで米つきバッタ！〔◇〕
あんなに尻《しり》を突き出したところで、飲んで食った、〔◇〕
ご馳走《ちそう》に釣り合わない。友情なんてかすばかり。〔◆〕
偽りの心は脚も曲げずに礼をしたふりをする、ちゃっかり。〔◆〕※7

※1　オックスフォード版に従って、前行とシェアード・ラインと考える。次行から話が変わって散文となる。
※2　退場の挨拶。
※3　帰る客のために主人が松明を用意させる例は『ロミオとジュリエット』第一幕第五場にもある。
※4　Fでは韻文。韻律が整っていないので、アーデン3版のように散文と解釈する。
※5　この台詞にアペマンタスがシェアード・ラインで続け、この行より韻文が始まる。
※6　客と一緒に退場したタイモンがアペマンタスの台詞の途中で戻ってくる演出も考えられる。
※7　bums と sums, Dregs と legs で韻を踏む二重二行連句。この

こうして正直者は礼儀を尽くして散財する。

タイモン さあ、アペマンタス、その不機嫌を直してくれたら、こちらも笑顔を向けよう。

アペマンタス ごめんだね。この俺まで賄賂《わいろ》を握らせられたら、おまえを罵《ののし》るやつがいなくなる。そしたら、おまえはどんどん罪にまみれていく。その調子で人に物を与え続けたら、そのうち自分自身を約束手形にして人にやっちまうんじゃないか。何だってこんな栄耀《えいよう》栄華をみせびらかす派手な宴会をやらかすんだ？

タイモン いや、わが友を罵るような真似をし始めるなら、一切耳を貸すつもりはない。さらばだ。もっといい音を鳴らすようになったら来るがいい。※8

退場。

アペマンタス 今、俺に耳を貸さないなら、永遠に無理だな。※9
忠告を聞かせてやろうと思ったのに、何たる見栄《みえ》っぱり。〔△〕
ああ、人間の耳ってやつは、天井の音楽にはさっぱり〔△〕
耳を貸さず、追従ばかり聞くものだ、やっぱり。〔△〕

退場。

ように台詞の途中に二行連句を挿入するのはミドルトン流。

※8 アペマンタスに引きずられてタイモンまで散文を話している。

※9 この一行は散文である。散文を言ってから thee と be と flattery で韻を踏む三行連句で締めくくる。しかも、この三行のうち最初の二行は弱強三歩格になっていて、最後の行だけ弱強五歩格である。このように短い歩格で押韻する点、散文と交ぜる点など、いずれもシェイクスピアの書き方ではなく、ミドルトンの書き方。

なお、第二幕最後（ミドルトン担当）でも、同じような変則的な韻律の三行と二行連句で終わっている。56ページ注4参照。

〔第二幕　第一場〕※1

元老院議員登場。※2

元老院議員　こないだが五千だった。ヴァローとイジドーから
九千借りていらっしゃる。私が以前お貸しした額もあるから
合わせて二万五千※3だ。なのに、このむちゃくちゃな浪費を
続けるのか？　もたない。もつはずがない。
金がほしければ、乞食の犬を盗んで
タイモンにやればいい。そしたら、その犬が金に化ける。
自分の馬を売って、それよりも上等な馬を二十頭
ほしければ、馬をタイモンにやればいい。
何も求めずただ贈るのだ。すぐに仔《こ》馬《うま》を生む。
立派な馬を何頭も。やつの屋敷に門番はいない。誰でも
通りかかる者をニコニコとなかへ招き入れるのだから。
こんな調子が続くはずがない。どう考えても
あの人の身代が安泰とは思えない。おい、ケイフィス！

※1　韻律が比較的整っているためにオックスフォード版はこの場を書いたのはシェイクスピアだと推測するが、moneysという表記やイメージ連想からミドルトンの可能性もあり、どちらとも言い難いとアーデン3版は記す。
※2　舞台中央奥のカーテンが開いて、奥舞台のテーブルで元老院議員が金勘定をしている様子が発見されるという演出がグローブ座でなされたのではないかとシソンは推測する。ペンギン版編者ヒバードはこれを支持した上で、元老院議員はそこから台詞を言いながら舞台前へ出てくるのだろうと推測する。
※3　数字が大きいので単位はタレントではないだろう。

ケイフィスはおらんか！

　ケイフィス登場。

ケイフィス　はい、旦那《だんな》様、ご用で？※4

元老院議員　マントをつけて、タイモン卿のところへ急ぎ頼む。
お貸しした金※5をお返し願うのだ。
少し断られたくらいで引きさがるな。
「ご主人によろしく」と、こうして右手で
帽子を脱いで挨拶《あいさつ》されても、黙らずにこう言え。
必要に迫られて金が要ります。主人の金ですから、
主人に使わせてください。お約束の期限はとうに過ぎ、
一日一日ずるずると許してしまったために、
こちらの信用も傷がつきました※6。敬愛申し上げておりますが、
そちら様の指を治すのに、主人の背骨を折るわけに参りません。
主人は火急に必要としておりますので、
言葉で返済するとだけ仰《おっしゃ》られても困ります。
直ちに即金ご用意頂きたい、と。さあ行け。
何があっても譲らないという態度で行け。
いかめしい顔つきをしろ。なにしろ、

※4　シェアード・ラインなので、ケイフィスは間髪を容れずに飛び出してきて、間をあけずに台詞を言わなければならない。あるいは少し前に登場していて、ここで前へ出ながらこの台詞を言うのか。

※5　moneys となっているが、シェイクスピアは『ヴェニスの商人』のユダヤ人シャイロックと『ウィンザーの陽気な女房たち』のウェールズ人エヴァンズにしかこの言い方をさせていない。一方、ミドルトン作品では『正直な娼婦・第一部』第九場三行、『啖呵を切る女』第九場二七九行、『美しき喧嘩』第四幕第四場一二三行で用いられている。

※6　アテネでは信用経済が盛んだった。

タイモン卿のまとう羽根一本一本がその持ち主に返れば、
あの人は丸裸のカモになる。
今は不死鳥のように輝いているがな。行け。

ケイフィス　行ってきます。

元老院議員　行ってきますだぁ？[※1]　契約書を持って行かんか。
延滞分も頂くのだぞ。

ケイフィス　わかりました。

元老院議員　行け。

二人退場。

〔第二幕　第二場[※2]〕

執事〔フレイヴィアス〕が多数の請求書を手に登場。

執事[※3]　滅《め》茶《ちゃく》苦茶《ちゃ》な出費が止まらない。無頓着《むとんちゃく》だ。
どうやって財政を維持するか知ろうともなさらないし、
湯水のごとくの浪費をやめようともなさらない。
出ていくものは気にせず、この先どうなるかも

※1　Fには I go sir? とある。シソンはここに「契約書を手渡しながら」というト書きを加えた。ペンギン版やオックスフォード版が解説するように、肝心の書類も持たずに出て行こうとした慌て者の召使いを馬鹿にして言う台詞と解釈できる。アーデン2版とケンブリッジ版では Ay, go, sir:（そうだ、行け）と読み替える。I と Ay は完全に入れ替え可能なので、この読み方にも説得力がある。アーデン3版は、これを単なる誤植と断じて削除している。

※2　この場は、韻律が比較的整っているが、執筆者は特定できない。

※3　これ以降、フレイヴィアスの話者表示は執事となっている。

お考えにならない。人に親切にしようとするあまり、〔▲〕
こんなに愚かに振る舞うとは大困り。〔▲〕※4
どうすればいい？　ご自身で実感しないかぎり、
私が何を言っても無駄だ。今狩りからお戻りになるとき、
率直に申し上げてみよう。ああ、どうしよう、どうしよう！

〔後ろへ下がる。〕※5

ケイフィス、イジドー〔の召使い〕、ヴァロー〔の召使い〕登場。

ケイフィス　こんにちは、※6ヴァローさんとこの人だね。やっぱり金の催促かい※7？

ヴァローの召使い※8　君だってそうだろ？

ケイフィス　ああ、イジドーさんとこもそうかい？

イジドーの召使い　そうだ。

ケイフィス　みんな、払ってもらえるといいな。

ヴァローの召使い　どうかな。

ケイフィス　いらしたぞ。

タイモンとその一行が〔アルキビアデスとともに〕登場。

タイモン　昼食※9がすんだら、すぐにまた出かけよう、

※4　mind と kind で韻を踏む二行連句の挿入。
※5　執事は45ページでタイモンに呼ばれるまで影を潜めている。
※6　Good even. ――この挨拶は午後何時でも使えた。『ロミオとジュリエット』第一幕第二場参照。
※7　ここから散文になる。オックスフォード版はここを無理やり韻文に組み替えているが、韻律が整わず、無理がある。韻文と散文が安易に交ざり合うミドルトンの場だと考えるのが自然だろう。
※8　Fには主人の名前だけ示されているが、その召使いを指す。のちの場でも同様。
※9　エリザベス朝では昼に正餐（ディナー）をとった。

アルキビアデス――私に？　何の用だ？

ケイフィス　閣下、これはお貸ししたお金の借用証書でございます。

タイモン　私に貸した？　何者だ？

ケイフィス　　アテネの者でございます。※1

タイモン　執事のところへ行け。※2

ケイフィス　おそれながら、閣下、執事は、明日には、
明日にはと、もう一か月も先送りにしてきました。
私の主人はお貸ししたお金が差し迫って必要となり、
あなた様の高潔なお心に照らして当然、
お返し頂くべきお金をご返却頂きたく、
慎んでお願いせよと申しつかっております。

タイモン　　　すまないが、
明日の朝、出直してくれないか。※3

ケイフィス　いいえ、閣下。※4

タイモン　　　まあ、落ち着け。

ヴァローの召使い　ヴァローよりお願いでございます――

イジドーの召使い　イジドーが速やかな返済を望んでおります。

ケイフィス　わが主人の窮乏をご存じなら――

ヴァローの召使い　差し押さえの期限は六週間前に過ぎました。※5

※1　ここをシェアード・ラインとしていない版もあるが、ペンギン版、アーデン2、3版のようにシェアード・ラインにすると弱強五歩格が決まり、次行の効果が高まる。

※2　二拍半の短い行。直後に二拍半の間が入る。タイモンに「執事のところへ行け」と言われて絶句する感じ。

※3　タイモンはアルキビアデスとその一行と狩りをしている最中で今は自宅に昼食をとりにきただけなので、アルキビアデスの手前こう言う。

※4　次のタイモンの台詞から判断して、しがみつくなど激しさを示すのであろう。

※5　この行だけ六拍ある。散文に近い感じがする。

イジドーの召使い　執事の方は引き延ばしてばかりなので、
直接旦那様に申し上げるようにと言付《ことづ》かっております。
タイモン　息をつかせてくれ！
〔アルキビアデスらに〕どうか、諸卿《しょきょう》は先へいらしてください。
すぐに追いつきますから。　〔タイモンの一行とアルキビアデス退場。〕
〔執事に〕※6　ここに来い。一体
どういうことだ。私に貸した金が返してもらえないだの、
いつまでも返済を引き延ばしてばかりだの、
やかましく責められるとは、
わが名誉に傷がつくではないか？　〔ケイフィスらに〕どうか、皆さん。
執事
今このお話をするわけには参りません。
昼食の後まで催促はお待ちください。
返済が遅れている理由を、私からタイモン卿に
ご理解頂きますので。
タイモン　そうしてくれ、諸君。※7　〔タイモン退場。〕
〔執事に〕ちゃんともてなせよ。※8

※6　すぐ近くに控えていた執事フレイヴィアスに声をかける。

※7　アーデン3版が指摘するとおり、次の道化の場面はあとから挿入された、ないしは削除予定だったのが残ってしまったと考えられる。この行から50ページに続く予定だった可能性がある。次の場面で道化と女主人の娼婦とのつながりが中途半端なうえ、小姓の手紙もつながりを失っているのは、削除予定だったと考えると納得がいく。

※8　ケンブリッジ版はタイモンのこの台詞をFにあるとおり一行としているが、他の版がしているように、このように前後とシェアード・ラインにするのが正解だろう。

執事　〔ケイフィスらに〕どうか、こちらへ。　〔執事〕退場。

アペマンタスと道化登場。

ケイフィス　待った、待った。道化とアペマンタスが来た。ちょっと楽しんでいこうぜ。
ヴァローの召使い　やだね、あんなやつ。罵《のの》られるだけだ。
イジドーの召使い　呪われるがいいんだ、犬め！
ヴァローの召使い　やあ、阿呆《あほう》？
アペマンタス　おまえ、自分の影と話しているのか？
ヴァローの召使い　おまえに話しかけたわけじゃない。
アペマンタス　そうだな。自分に話しかけたんだもんな。〔道化に〕行こうぜ。
イジドーの召使い　〔ヴァローの召使いに〕おまえ、阿呆に乗り移られたみたいだな。
アペマンタス　いや。おまえはまだこいつに乗り移っちゃいないよ。
ケイフィス　てことは、阿呆はどいつだ？
アペマンタス　今質問したやつだ。まったく情けない悪党だな、おまえら。金貸しの手下。金と貧乏をとりもつポン引き野郎。
召使い三人　俺たちが何だって、アペマンタス？
アペマンタス　ばかだ。
召使い三人　なんでだよ？

アペマンタス　自分たちが何かと尋ねたろ。自分のこともわからねえなんてばかだ。話しかけてやれ、阿呆。
道化　お元気ですか、皆さん。
召使い三人　ありがとう、阿呆。おまえの女主人はどうしてる？
道化　あんたがたみたいな腰抜けチキンの羽根をむしるために湯をわかしているよ。お風呂《ふろ》は性病治療に効くからね。どうぞまた、お店にお越しやす。※1
アペマンタス　いいぞ。よくぞ言った。

小姓登場。

道化　おや、うちの主人の小姓が来た。
小姓　〔道化に〕何だい、大将、こんな賢い人たち※2にまじって、何してんの？　よお、アペマンタスか。※3
アペマンタス　この舌が鞭《むち》だったら、おまえにたっぷり応《こた》えてやったんだがなあ。
小姓　ねえ、アペマンタス、この手紙の上書《うわが》きを読んでおくれよ。どっちがどっちかわかんなくなっちゃった。
アペマンタス　字が読めないのか。
小姓　うん。※4

※1　道化は売春宿で働いているという設定。鶏の羽根をむしりやすくするのに熱湯に入れる――チキンのように臆病な召使い三人が売春宿にやってきたら金をすっかりむしりとる用意をしている――というのと、店にくれば罹る病気を治すためのお湯を沸かしているという二重の意味。
※2　皮肉。
※3　小姓は道化に対して you を使って丁寧な口のきき方をしているが、アペマンタスに対しては thou とぞんざいで親密な口のきき方をしている。
※4　当時の下層階級は教育を受けられなかった。『ロミオとジュリエット』の召使いも字が読めずにロミオに読んでもらう。

アペマンタス　じゃあ、おまえが縛り首になっても学問が失われることはないな。こっちはタイモン卿宛て、こっちはアルキビアデスさん宛てだ。行け。娼婦から生まれたおまえは、ポン引きとして死ぬだろう。
小姓　犬から生まれたおまえは、餓えて犬死にするだろう。言い返すな。もういない。〔小姓〕退場。
アペマンタス　そうやって、さっさと消えるから、恩寵《おんちょう》のおこぼれも拾えないんだ。阿呆、一緒にタイモン卿のところへ行こう。
道化　そこにおいらを置いてくのかい？
アペマンタス　タイモン卿がいればな。そこが阿呆の居場所だ。おまえたち三人は、三人の高利貸しに仕えているのか？
三人の召使い　そうです。主人があたしらに仕えてくれるといいんですがね。
アペマンタス　そりゃあいい。処刑人が泥棒の言いなりになるようなもんだな。
道化　君たち三人、高利貸しの召使い？
三人の召使い　そうだ。
道化　高利貸しの召使いってのは、阿呆だけかと思ってた。うちの女主人がそうだよ。おいらがその召使いだからね。あんたらのところに金を借りに来る連中は、来るときは悲しそうで、出ていくときはうれしそうに帰ってくだろ。ところが、うちんとこに来る客は、楽しそうにやってきて、悲しそうに帰ってく。なぁんでだ？
ヴァローの召使い　俺、わかった。

アペマンタス　じゃ、言ってみな。そしたら、あんたは色事師の悪党だ。まあ、そうじゃなくても、あんたの評判は変わらないだろうけどね※1。

ヴァローの召使い　色事師って何だい、阿呆？

道化　いい服を着た阿呆のことさ。まあ、おまえみたいなもんだ。※2精霊だよ。殿様みたいな恰好《かっこう》のときもあれば、弁護士とか、哲学者みたいなときもある。哲学者の石※3のほかにタマタマ二つぶらさげてるけどね。騎士みたいなときだってある。十三歳から八十歳※4までいろんな姿をして、相手かまわず精を出すやつだよ、こいつは。

ヴァローの召使い　おまえ、それほど馬鹿じゃないな。

道化　おまえ、それほど利口じゃないな。おいらが阿呆であるくらい、おまえ頭が抜けてるよ。

アペマンタス　その返事は、アペマンタス風だな。

三人の召使い　どいた、どいた。タイモン卿がいらした。

　タイモンと執事〔フレイヴィアス〕登場。

アペマンタス　一緒に来い、阿呆。さあ。

道化　おいらがついてくのは、恋人、長男、※5女ばかりってわけじゃ

※1　金貸しの召使いとして世間からよく思われていないので、色事師の汚名を着るまでもないということ。

※2　spiritには「精霊」のほかに「精液」の意味があるとするのはアーデン3版のみ。その意味合いは、「精を出す」に含ませた。

※3　philosopher's stoneとは、卑俗な金属を金に変える力を持つ錬金術師の魔法の石。

※4　『冬物語』では羊飼いが「十六歳から二十三歳の若い者は娘っ子に赤ん坊を産ませる」と言う。当時、男は十四歳で結婚ができた。十三歳というのはかなり早く、男子とみなせる年齢という意味で言っているのだろう。

※5　いずれも愚かと見なされていた。

ない。たまには哲学者にもくっついてく。

〔アペマンタスと道化退場。〕

執事　どうか近くにいてください。すぐにお相手致しますので。※1

〔召使いたち〕一同退場。

タイモン　呆《あき》れたもんだ。何だって今になるまで、
財政状況をすっかり教えなかったんだ。
そうとわかっていたら、出費も
それなりに抑えていたのに。※2

執事　お耳を貸してくださいませんでした。
私は何度も申し上げたのです——

タイモン　おいおい。
どうせ私が聞く気にならないときを選んで声をかけ、
追い払われてさっさと引き下がったのだろう。
それをいいことに自分の落ち度の
言い訳にしようとは、けしからん。

執事　旦那《だんな》様、※3
私は、何度も家計簿をお持ちして、
前に広げました。旦那様はそれを押しのけて、
私の正直さに任せると仰《おっしゃ》いました。

※1　ここから韻文に戻る。Fではこの行が二行になっているが、一行にすれば弱強五歩格がきれいに決まる。ポープが一行に校訂して以来、どの版もそれを踏襲している。

※2　何度も忠告してきた執事フレイヴィアスにとって、この発言はまったく驚くべきものだが、自分の財力を過信していたタイモンは、執事が進言したこと自体まったく覚えていないようだ。家計簿を広げて言いましたと言われて、ようやくそんなこともあったと思い出すのだろう。

※3　シェアード・ラインが何度もきれいに決まって、場面の緊迫感が持続する。語彙からも、シェイクスピア担当箇所と思われる。

つまらない贈り物に何倍もの返礼をするよう、
お命じになったとき、私は首を振って泣きました。
そう。失礼をも顧みず、出費を
お控えくださいとも申しました。
幾度となく、かなり厳しいお叱りも受けました。
旦那様の財産は引き潮なのに、借金は
満ち潮にあります※4と申し上げたためです。旦那様、
今さらもう手遅れですが、どうかお聞きください。
旦那様の財産はどう見積もっても、現在の借金の
半分にも及びません。

タイモン　土地を売り払え。※5

執事　すべて抵当に入っており、没収されて
なくなった土地もあります。残った土地では、
督促の口をふさぐ役にも立ちません。※6将来は、
刻々と迫ります。※7それまでどうもちこたえますか。
最後の決算はどうなりましょう？※8

タイモン　わが領土はスパルタ※9まで及んでいたはずだ。

執事　ああ、旦那様、世界広しといえども、一言です。
たとえ全世界が旦那様のものであろうと、与えると

※4　経済的状況と潮の満ち干の連想はミドルトン作品に多いとアーデン3版は指摘する。

※5　どの現代版もシェアード・ラインにしているが、六拍（六歩格）になる。

※6　残った土地を売っても、今催促されている借金を支払えないということ。

※7　返済期限が迫るという意味だが、すでに期限が過ぎた借金もある。ペロポネソス戦争中だったので、ここには敵の侵攻が迫るという意味もあるのではないかとオックスフォード版は示唆する。

※8　最後の審判の意味も重なる。

※9　Lacedaemon―古代スパルタの別名。アテネより二百キロ以上離れている。

　一言言えば、あっという間に消えるのです。

タイモン　　　　それはそうだ。

執事　私の管理に不正があったとお疑いなら、
どんな厳しい監査でもお呼びになって、
取り調べて頂いて結構です。神も照覧あれ、
台所にまで※1飲み食い騒ぐ連中があふれかえり、
酒蔵が酔っ払いの酒をぼろぼろ流して泣き、
どの部屋にもこうこうと明かりがともって
浮かれた騒々しい歌で鳴り響いたとき、
私は、むなしく酒を流し続ける樽《たる》に身を寄せ、
この目から涙を流しておりました。

タイモン　　　　もういい、わかった。

執事　なんて太っ腹なんだ！　と私は思いました。
この一晩で、くだらないやつらが、どれほど贅沢《ぜいたく》なご馳走《ちそう》を
食い散らかしたことか！　タイモンの手下でない者がいるか？
タイモンのものでない心、頭、剣《つるぎ》、力、財産があるか？
偉大なるタイモン、気高く立派な王様のようなタイモン※2！
ああ、この称賛を買い付けた財産がなくなれば、
この称賛を言う声もなくなるだろう。

※1　本来なら客が入ってこない台所や食料庫にまで客が入り込んできた。

※2　執事は、抑えていた感情を爆発させ、皮肉までも言い出す。

※3　feast-won, fast-lost.　格言的表現。宴会を催すことで手に入れた安易な人間関係はすぐに失われるという意味だが、fastには「断食」という、feastの反対の意味も籠められており、「断食をするようになったら失われる」という意味も読み取れる。
　タイモンの生き方と正反対のケチなシャイロックはFast bind, fast find（しっかり締めれば、たっぷり貯まる）と言う（『ヴェニスの商人』第二幕第五場）。

宴会で手に入れたものは、すぐ消える。※3 冬の雨がぱらつけば、
青蠅どもは身を隠す。

タイモン　おい、説教はそれくらいにしろ。
寛大に振る舞ったのは悪気があってやったことではない。
賢くはなかったが、恥じるところはない。
なぜ、泣くんだ？　わからんのか、
私にはまだ友達がいる。しっかりしろ。
わが友情の樽にどれほど入っているか確かめて、
その心がどれほど上質か試したければ、借りればいい。
友達もその財産を好きに使わせてくれるはずだ。
私がおまえに用を命じるように。

執事　お考えのとおりでありますよう！

タイモン　ある意味では、こうして困窮したことは名誉だ。
ありがたいとさえ言える。これで友達を試すことが
できるのだから。おまえは、私の財産を思いちがいしていたと
知ることになるぞ。私の財産とは、友達なのだから。
おい、誰かいるか！　フラミニアス！※4　サーヴィリアス！

三人の召使い登場。

※4　Fでは「フレイヴィアス」となっているが、それは今目の前にいる執事の名前である。後のつながりからここを「フラミニアス」と直すのが校訂の伝統だが、原文のままだと韻律が整うし、執事をフレイヴィアスと呼ぶのは33ページのみであることから、ここは誤植ではなく、作者が召使いの方にこの名を与えることを考えていたのだとも推測される。ちなみに執事の話者表示についても、第一幕第二場を例外にして「執事」であり、彼が洞窟のタイモンを訪ねるときも、名前を呼ばれることはない。Fのまま上演すれば、尊大なタイモンは召使い連中の名前すら覚えられないという解釈も可能。

召使いたち　お呼びですか。ご用ですか。

タイモン　それぞれ別々のところへ行ってもらう。おまえは、ルーシアス卿《きょう》へ、おまえはルーカラス卿へ。午前中に一緒に狩りをやったばかりだが。おまえはセンプローニアス卿へ。よろしく伝えてくれ。ありがたいことに、皆様にお金を融通して頂くお願いをする機会を得ましたと言え。お願いする額は五十タレント※1としよう。※2

フラミニアス※3　お言葉どおりに。

〔召使いたち退場。〕

執事　ルーシアス卿にルーカラス卿？　とんでもない！

タイモン　おまえは、元老院議員たちのところへ行ってくれ。元老院議員たちには、たとえ国庫を少し傾けようとも※4、尽力してもらって当然なのだ※5。今すぐ私に一千タレント※6を送るよう命じろ。

執事　僭越《せんえつ》ながら、それが最も手っ取り早いと思いましたので、旦那様の印鑑※7とお名前を用いて、送金をお願い致しました。ところが、首を横に振るばかりで、こうして手ぶらで帰されたのです。

※1　13ページ注5の試算によれば、一億円。個人でこれだけの融資を依頼され、しかも頼んできた人間が法外な浪費をしてきたとなれば、「不実な友」でなくても躊躇するだろう。

※2　突然の散文。

※3　F には *Flam.* 前ページの注参照。

※4　私は国家の繁栄に尽力してきたので、とも解釈できる。

※5　武力と財力でアテネを守った功績があるため。99ページ注3参照。

※6　約二十億円。国家予算のほんの一部ということなのだろうか。タレントという単位をいい加減に使っているという説もある。

※7　signet　指輪と一体型になっている印章。

タイモン　そんな。まさか。
執事　皆が異口同音に申しますには、
今は財政難であり、国庫が空で、思うように
援助できない。残念だ――あんな立派な方が――
もちろんできれば手を差し伸《の》べるが――できない――
ちょうど時期が悪かった――立派な人でも
しくじることはある――うまくいけばいいが――残念だ。
そう言って、ほかの重要な事案に話を変えて、
顔をしかめて、切れ切れの言葉を口にしながら
帽子に手を当てたり、冷たく頷《うなず》いたりするものですから、
ぞっとして言葉も出ませんでした。
タイモン　神々よ、やつらを罰したまえ。
どうか元気を出してくれ。ああいった連中は、
年のせいで頭がぼけて恩を忘れているんだ。
その血は固まって、冷たく、なかなか流れない。
情がないのは、優しい温かみに欠けるせいだ※8。
人間というものは、土に還《かえ》るべく、死出の旅路の
準備を始めると、鈍く重くなるものだ。
ヴェンティディアス※9のところへ行ってくれ。

※8　シェイクスピア作品に見られる老人への侮蔑の例には、ハムレットの「うんざりだな、年寄りは」（『ハムレット』第二幕第二場）、ドグベリーの「寄る年波に知恵しぼむ」（『から騒ぎ』第三幕第五場）などがある。

※9　Ventiddius と綴られており（次ページも同様）、ミドルトンが書いたと思しき箇所にある Ventigius（25ページ）や Ventidgius（65ページ）とは違い、シェイクスピアの書いた箇所を示すとされている。13ページの Ventidius もシェイクスピア。
　但し、この場面を締めくくる最後の三行は、ミドルトンの筆と考えざるを得ない。次ページ注4参照。

悲しい顔をせずに。おまえは正直者だ。
心から言うが、おまえのせいじゃない。
ヴェンティディアスは最近父を埋葬し、
莫大《ばくだい》な遺産を受け継いだ。やつが貧しく、
投獄され、友も少なかったとき、
私が五タレントでやつを保釈してやったのだ。
その私からの挨拶《あいさつ》だ。うまいぐあいに、
例の五タレント※1の礼をして頂く機会が
できたとな。それをもらったら、さっきの
連中に払ってやれ。友に囲まれたタイモンの財産、〔▽〕
傾くなどと言うな。そう思うのも許さん。〔▽〕※2

〔退場。※3〕

執事　そう思わずにいたいけれど、※4
あの考え※5が気前の良さの敵なのだ。〔▼〕
自分が寛大だから他人もそうだと思うのだ。〔▼〕

退場。

※1　13ページ参照。
※2　think と sink で韻を踏む二行連句。シェイクスピア的用法。
※3　Fでは最後に「二人退場」と記されているが、アーデン3版に従って、タイモンが先に退場すると考える。
※4　この行は三拍半。次行は三拍。最終行は五拍（弱強五歩格）。foe と so で韻を踏んでいるが、こうした変則的な韻律で押韻をするのはミドルトン流。39ページ注9参照。オックスフォード版は短い二行を六拍半の一行としている。
※5　あの考えとは、友に囲まれているというのが自分の財産だという考え。それ故に気前よくなって破滅するという意味。

〔第三幕　第一場〕

主人の使いでルーカラスと話しに来たフラミニアス登場。そこへ召使い登場。

召使い　おいでのことはお伝えしました。すぐいらっしゃいます。

フラミニアス　ありがとう。

ルーカラス登場。

召使い　〔フラミニアスへ〕いらっしゃいました。

ルーカラス　〔傍白〕タイモン卿のところの召使いだって？　きっと贈り物だな。思ったとおりだ。ゆうべ、銀の盥《たらい》と水差しの夢を見たからな。――フラミニアス、正直なフラミニアス、よく来たな。〔召使いに〕ワインを頼む。〔召使い退場。〕

それで、アテネのご立派な比類なき寛大な紳士、実に気前のよいおまえのご主人はどうなさっている？

フラミニアス　元気でおります。

ルーカラス　元気で何より。それで、そのマントの下に何を持っているのだね、可愛いフラミニアス。

フラミニアス　ただの空箱《からばこ》でございます。主人が急に五十タレント入用《いりよう》になりまして、こうして私を使いに出し、閣下にご用立てしてもらうように申しつかって参りました。直ちにご援助頂けるはずと申しております。

ルーカラス　あららら！　頂けるはずとな！　ああ、立派なお方、気高い紳士でいらっしゃるが、あんなに贅沢をなさらなければなぁ。何度も一緒にディナーをしてはそう申し上げ、夕食にも伺って、もう少しお控えなさいと忠告申し上げたのに、お聞きになさろうとならなかった。わざわざお宅まで伺っているのに、それを警告とお考えくださらなかった――誰にでも欠点はある。あの方のは、気前がよすぎることだ。だから言わんこっちゃない。何度言っても直して頂けなかった。

召使いがワインを持って登場。

召使い　失礼します。ワインでございます。

ルーカラス　フラミニアス、君は賢い男だ。君に乾杯しよう。

フラミニアス　恐縮です。

ルーカラス　君は話のわかる男だ、ずっとそう思ってた。いや、本当だ、君は道理をわきまえ、魚心あれば水心と、融通のきく男だ。それが君のいいところだ。〔召使いに〕下がっていろ。

〔召使い退場。〕

近くへ寄りたまえ、正直なフラミニアス。君のご主人は寛大な紳士だが、賢い君はわかってくれよう。こうして来てはもらったが、今は金を貸せるときではないってことは。特に単なる友情以外に何の保証もなしなんて無理だ。君にこの三ソリダーレ[※1]をやろう。いい子だ。これで目をつぶって、私に会えなかったと言ってくれ。じゃあな。

フラミニアス　世の中がこんなに様変わりするのを、
生きてこの目で見るとは！〔硬貨に〕呪われた下劣なるものよ、
おまえを崇《あが》める者のもとへ飛んで行け。

〔ルーカラスに硬貨を投げつける。〕

ルーカラス　はあ？　どうやら、
おまえも主人にお似合いの馬鹿らしいな。

ルーカラス退場。

フラミニアス　その金が地獄でおまえを焼く足しになれ！
地獄に落ち、どろどろに溶けた金で苦しむがいい！
友人の風上にも置けない、腐った偽物の友人め。
友情とは、たった二晩で饐《す》えてしまうような
ミルクのような柔《やわ》なものなのか。ああ、神々よ！
主人の怒りを身に沁《し》みて感じる。この下郎は、
もったいなくも[※2]、わが主人の食事を腹に収めた。
だが、あの野郎が毒に変わった以上、

※1　詳細不明の貨幣単位。作者がでっちあげたか？

※2　F の unto his honour は「それが彼の名誉になる」と解釈できる。これを unto this hour（今の今まで〔食っていた〕）と読み替えるポープの校訂を採用する現代版もあるが、ご主人様のご馳走を腹に収めたのは、彼にとっての栄誉だとした方が、貴賤の感覚が持続する。

食ったものが栄養になったりするものか。
ああ、病気にとっつかれちまえ。
死ぬほどの病気になったら、主人が食わせた
料理の滋養は、病を治す力とならぬがいい。〔◎〕
ただ死の苦しみを長引かせればいい！〔◎〕[※1]

退場。

※1　power と hour で韻を踏む二行連句。

〔第三幕　第二場〕

ルーシアスが、三人の外国人と登場。

ルーシアス　誰だって？　タイモン卿《きょう》？　とても親しくしている立派な紳士ですよ。
外国人一　我々もそう伺っております。面識はありませんが。ただ一つ申し上げられるのは、世間の噂では、タイモン卿の栄耀《えいよう》栄華も終わりとなり、財産が傾いたとか。
ルーシアス　まさか、そんな。ありえませんよ。金に困るようなお方じゃない。
外国人二　しかし、閣下、先ほどあの方のところの召使いがルーカラス卿にいくらか借りに来たということですよ。それも、切羽詰まった火急のお願いと頼んだのに断られたとか。
ルーシアス　何だって？

外国人二　断られたそうです、閣下。
ルーシアス　何と不思議な話だ！　神かけて恥ずべきことだ。あの立派なお方を断るなんて！　名誉のかけらもない！　私もまあ、それなりにタイモン卿からご親切を受けたが、金だの皿だの宝石だの、そういったつまらないものばかりで、ルーカラスとは比べ物にならない。だが、タイモン卿がまちがえて私に使いをよこしたら、それくらいの金をお断り申し上げたりするものか。

サーヴィリアス登場。

サーヴィリアス　おや、ちょうどいいところにお目にかかれた。お会いしようと思っていたその人に会えた──閣下！
ルーシアス　サーヴィリアスか？　これはこれは。さようなら。おまえの立派な徳高いご主人によろしく伝えてくれ。わが類稀《たぐいまれ》なる友人だから。
サーヴィリアス　閣下、主人からお渡しするようにと──
ルーシアス　ほう、何を渡せと？　いつも贈り物ばかり頂いて、まことにかたじけない。どのようにお礼を言えばよかろうかねぇ。で、今度は何をよこされた？
サーヴィリアス　私をよこして、ここにあります金額をすぐにご用立て願うように、この書状をお渡しするようにと。

〔書状を渡す。〕

ルーシアス　閣下はふざけていらっしゃるのだ。閣下が[※1]
五十、いや五百タレントだろうと不自由なさるものか。

サーヴィリアス　ですが、今は、もっと小額のお金にお困りです。
その原因が主人の高潔さにあるのでなければ、
このように真剣にお願い申し上げません。

ルーシアス　本気で言っているのか、サーヴィリアス？

サーヴィリアス　誓って、本当でございます。

ルーシアス　こんなときにかぎって手元不如意《ふにょい》だとは、俺は何というろくでなしだ。名誉ある男だと証明できたのに！　まったく間が悪いな、つい昨日、ちょっとした買い物をして、大いなる名誉をふいにしちまった！　サーヴィリアス、神々にかけて、私にはむりなんだ——まったく、ろくでなしだよ——実はちょうどタイモン卿に融通して頂こうと使いを出そうとしていたところで、こちらの紳士方が証言してくれる。だが、出さなくてよかった。アテネじゅうの富をくれると言われたとしても。君の善良なご主人にどうかくれぐれもよろしく伝えてくれ。お力になれずとも、私のことを決して悪くおとりにはなるまい。それから、こうも伝えてくれ。これほど立派な紳士のお役に立てないことを、男子一生の不覚と悔やんでおりますとな。さあ、サーヴィリアス、今言ったとおりに伝えてくれたまえよ。

サーヴィリアス　かしこまりました。

サーヴィリアス退場。

ルーシアス　この礼はそのうちするよ、サーヴィリアス。

※1　突然韻文に変わる。

なるほど、君たちの言うとおり、タイモン卿は落ち目だ。〔○〕
一度否定された者が繁栄する望みはない。もうだめだ。〔○〕※2

〔ルーシアス〕退場。

外国人一　見たか、ホスティリアス？
外国人二　しっかりと。※3
外国人一　これが世の中というものだ。
どんなおべっか使いも似たようなもの。
同じ皿の料理を食べるからと言って、※4
友人と言えようか？　私が聞いたところでは、
タイモンは今の貴族の父親代わり、
何でも好きなものを買い与え、
領地の面倒まで見ていた。いや、
召使いたちへの支払いもタイモンがしてやっていた。
酒を飲むのも、タイモンの銀杯しか使わない。
なのに——ああ、恩知らずの化け物になると、
人間は何とおぞましいことか——そのタイモン卿を
見限ったのだ。あいつの財産からすれば、
慈善家が乞食《こじき》に恵むような僅《わず》かな金をけちって。
外国人三　道徳も何もないな。

※2　indeed と speed で韻を踏む二行連句。

※3　このあたり韻律がかなり乱れているため、編者によってこの行を前後のどちらとシェアード・ラインにするか、あるいはしないか判断が異なる。以降の改行の位置についても編者によって調整が異なる。その結果、十三行のこの韻文をオックスフォード版では十二行としているという、シェイクスピアのテクストでは考えられないことが起こっている。ミドルトンの韻文は、それほど韻律が乱れる。

※4　キリストとともに食事するユダのイメージ。「マタイによる福音書」第二十六章第二十三節。27ページのアペマンタスの台詞にも呼応。

外国人一
タイモン卿のご馳走《ちそう》を味わったこともなければ、私としては、
何かの恩恵を受けたこともないから、友人とは
言えないが、それでもこう思う。あのように
気高く、光り輝く仁徳の持ち主で、立派な善行を
積んだお方が、※1
もしも私に助けをお求めになられたら、
私は自分の財産を投げ出して、
その大半をタイモン卿に差し出すだろう。
それほどお心の立派なお方だ。しかし、
今の世の中、同情心など抱《いだ》けない。〔●〕
損得勘定が先立って、思いやりなどありゃしない。〔●〕※2

一同退場。

〔第三幕　第三場〕※3

第三の召使いが、タイモンの別の友人センプローニアスと登場。

※1　この行だけ三拍半。あとに一拍半の間が入る。
※2　dispense と、conscience（三音節で発音）で韻を踏む。場面を締めくくる二行連句は、シェイクスピアの用法。
※3　この場面もミドルトンが書いたと考えられる。場面設定は「センプローニアス邸」だが、実際は、外国人一が舞台中央で最後の二行連句を決めているときには、センプローニアスと召使いが後ろのドアから登場しており、外国人たちが踵を返して退場を始めるときには、センプローニアスが召使いに話しかけはじめるというような、流れるような展開でグローブ座の舞台は用いられたのだろう。

センプローニアス　何だってよりによって俺なんだ？　え？※4
ルーシアス卿やルーカラス卿のとこへ行けゃいいじゃないか。
今じゃヴェンティディアス※5も金持ちだ。
タイモン卿が獄から出してやった人だ。そいつらみんな、
タイモン卿のお蔭《かげ》で裕福な暮らしをしてるんだぜ。

召使い　　閣下、
いまお名前の出た皆さんにお願いしましたが※6、
けんもほろろに断られました。

センプローニアス　何だって？　断っ※7た？
ヴェンティディアスやルーカラスが断ったのか？
それでこの俺に使いを？　三人ともか？　え？
そいつはちょいと水臭い話じゃないかね、
この俺が最後の砦《とりで》か？　友達が、医者よろしく、
儲《もう》けておいて見放したというのに、俺が治療するのか※8？
そいつは随分な話じゃないか。腹が立つよ、
こっちの立場も考えずに。わけがわからないね、
困ったら真っ先に俺を頼ってくれてもいいじゃないか。
だって考えてみりゃ、タイモン卿から最初に
贈り物を受け取ったのは、この俺なんだ。

※4　Fでは四拍の行と二拍の行の二行。アーデン3版、オックスフォード版に従って一行とみなす。
※5　Ventidgius――55ページ注9参照。
※6　直訳すると「触れてみたが、卑しい金属だとわかった」。試金石によって金属を見分けるイメージ。
※7　三拍の短い行。直前の三拍半の行とシェアード・ラインにするのはオックスフォード版のみ。
※8　FにはThriue (Thrive) とあり、「医者は儲けて患者を見放す」という諺に基づいて、金を貰いながら見放すという意味。ペンギン版はThriceというジョンソンの校訂を採用し、「三人とも見放したのに」と解釈。

なのに、この俺のことを忘れておいて、最後の最後に
頼んでくるってのはどういうことだ。
ごめんだね。物笑いの種になっちまう。
貴族方のあいだでも馬鹿と思われるだろうよ。
真っ先に俺のところへ来てくれたら、こっちだって
一肌脱いで、三倍の額だって用立てたのに。
それぐらいの気概はある。だが、今は帰れ。
三人のしけた返事に、この返事も加えたらどうかね。〔□〕
俺のメンツを立てないやつに、やるもんか、俺の金。〔□〕※1

退場。

召使い　大したもんだ！　閣下は立派な悪党だよ。悪魔だって、人間をせこくしたときに、ここまでひどくなるとは思ってなかっただろうよ。こいつは最後には、人間の悪事が悪魔を出し抜くね。今の貴族、ずいぶんもっともらしいことを言っていたが、ひどいもんだ。美徳の鑑《かがみ》みたいなふりした悪党だ。熱い信仰ゆえに国に火をつけて燃やしちまおうとする連中※2と似たり寄ったりだ。あの人のせこい友情もそんなものだ。
主人が一番期待してた人なのに。逃げるとは何てやつだ。〔■〕
あとは神頼みだけだ。友人どもは全滅だ。〔■〕※3
これまで長年寛大に開かれてきた門も
邸《やしき》の主人を守るために、かけたことのない

※1　join と coin で韻を踏む二行連句。
※2　一六〇五年十一月に起こった火薬陰謀事件への言及。「訳者あとがき」150ページ参照。
※3　fled と dead で韻を踏む二行連句。散文の直後の二行連句については「訳者あとがき」154〜155ページ参照。

鍵《かぎ》をかけなければならない。
これが気前よくやりすぎた者の末路。〔※〕
自分の財産を守れなければ、家も心も皆虚《うつ》ろ。〔※〕[※4]

退場。

〔第三幕　第四場〕[※5]

ヴァローの召使い〔二人〕が登場し、ほかの者たちに会う。タイモンのすべての債権者たちが、タイモンが出てくるのを待っている。そこへ、ルーシアス〔の召使い〕とホーテンシアス登場。[※6]

ヴァローの召使い一　やあ、おはよう、タイタス、ホーテンシアス。
タイタス　おはよう、ヴァロー家からだね。
ホーテンシアス　ルーシアス家からも！
みんな、勢ぞろいだね？
ルーシアスの召使い　ええ。それに
同じ用件だと思いますよ。
私は金です。

※4　allowsとhouseで韻を踏む二行連句。濁音と清音だが、当時はhis / kiss, this / isなど韻を踏んだ。
　最終行を直訳すると、「自分の財産を守れない者は、自分の家を守らなければならない（借金で逮捕されないように、自分の家のなかにとどまらざるを得ない）」となる。

※5　ミドルトンが書いたとされる場。場面はタイモン邸。

※6　Fのト書き。ホーテンシアスが遅れて登場するかのように読めるが、一行目で挨拶されているので、最初に登場していなければならない。なお、話者表示において、主人の名前によってその召使いが示されている。43ページ注8参照。

タイタス　同じだよ、こいつらも、我々も。

フィロータス登場。

ルーシアスの召使い　フィロータスも来た！
フィロータス　やあ、どうも。※1
ルーシアスの召使い　よお、兄弟。今、何時かな？
フィロータス　もうすぐ九時だろ。
ルーシアスの召使い　そんなになるか。
フィロータス　タイモン卿《きょう》はまだか。
ルーシアスの召使い　まだだ。
フィロータス　おかしいな。前は七時には起きてらしたんだが。
ルーシアスの召使い　ああ、でも、あの方の日は短くなった。
放蕩《ほうとう》者の道というのは、冬の日のように
短くなるが、再び長くなることはない。※2
タイモン卿の財布はかなり厳しい冬となり、
奥まで手をつっこんでも、ほとんど何も
見つからない。
フィロータス　私も同じ心配をしている。
タイタス　まったくおかしな話だぜ。

※1　この場面の韻律も乱れているので、どこをシェアード・ラインとするかしないか編者によって判断がまちまちである。

※2　Fでは、Is like the Sunnes, but not like his recouerable, I feare: という七拍の行になっており、アーデン2版とオックスフォード版は Is like the Sunnes, という短い一行を作り出している。しかし、ミドルトンの韻文をそのように整えようとすることに意味はない。ペンギン版やケンブリッジ版のようにFのまま、くだけた韻文として読むしかないだろう。意味は「軌道が低くなる太陽に似ているが、太陽と違って、また高くなることはない」。

君は、ご主人の使いで金を取りに来たんだろ？

ホーテンシアス　うん、そうだ。

タイタス　ご主人は、タイモンの贈り物の宝石をつけている。
その代金はうちが用立てたんでね、受け取りに来たんだ。

ホーテンシアス　それは申し訳ない。

ルーシアスの召使い　奇妙な話だ。そうなると、
タイモン卿は人の分まで借金を支払うことになる。※3
君のご主人は、豪華な宝石を身につけておきながら、
その代金を寄《よ》こせと言ってるようなもんだ。

ホーテンシアス　この使いがいやになってきたよ、ほんと。
主人はタイモンの財産を好きに使いながら、〔＊〕
その恩を忘れたんだ、泥棒さながら。〔＊〕※4

ヴァローの召使い一　そうだな。うちは三千クラウンだ。※5　お宅は？

タイタス　うちは五千。

ヴァローの召使い一　そいつはすごいな。その額からすると、
お宅の主人の方が、うちよりも信頼されてたみたいだな。
でなきゃ、同額だったただろう。

フラミニアス登場。

※3　タイモン卿がタイタスの主人に支払わなければならない代金は、ホーテンシアスの主人に贈った宝石の代金であるため、人の借金を支払うことになる。

※4　wealth と stealth で韻を踏む二行連句。区切りの意味がない二行連句はミドルトンの用法。

※5　突然イギリスの単位に変わる。当時の七百五十ポンドに相当。当時の召使いは年収二ポンドほどであり、途方もない金額。ちなみに『お気に召すまま』のオーランドーの父の遺産が一千クラウン。アダムが一生かかって貯めた金が五百クラウンである。ただし、『じゃじゃ馬馴らし』でキャタリーナの持参金は二万クラウン。

タイタス　タイモンの召使いだ。※1
ルーシアスの召使い　フラミニアスさん？　一言、すみません。タイモン卿はもうすぐいらっしゃいますか？
フラミニアス　いえ。おいでになりません。
タイタス　お待ち申しあげているのです。そうお伝えください。
フラミニアス　それには及びません。皆様が熱心なのはご存じです。〔退場。〕

　執事がマントをまとい、顔を隠して登場。

ルーシアスの召使い　おや！　あれはタイモンの執事じゃないか？※2
　こっそり出ていこうとしてるぞ。呼び止めろ、呼び止めろ。
タイタス　ちょっと、すみません。
ヴァローの召使い二　失礼ですが。
執事　何か御用でしょうか？
タイタス　お金をお払い頂《いただ》こうと、ここで待っているのですが。
執事　お祓《はら》いをお望《のぞ》みなら、
　神社でも行ったらどうですか。※3
　どうしてあなた方の不誠実なご主人がたが、タイモン卿の
　料理を食べていたときに、請求書を出さなかったんですか。

※1　ここから散文。
※2　ここから韻文。このように散文と韻文の切り替わりの早さもミドルトンの特徴。
※3　タイタスが「私たちはある金（certain money）の支払いをここで待っています」と言ったので、それに対して「確か」（Certain）ならば「確実」（sure）でしょうと執事のフレイヴィアスは皮肉に答える。ここは、相手の言葉にひっかけて言葉遊びをする台詞として「お払い」「お祓い」で対応した。
※4　end と spend で韻を踏む二行連句。
※5　「役に立たん」（not serve）と言われた執事は、「おまえたちは悪党に serve している（仕えている）」と言葉遊びで答える。

あのときは皆さん、愛想笑いを浮かべ、借金にまで媚《こ》びへつらい、
その利子の分ぐらいは、腹に収めていたくせに。
私を怒らせないほうが身のためですよ。
静かに私を通してください
主人も私も、もはやおしまい。〔☆〕
数える金もないならば、旦那《だんな》様にも使えまい。〔☆〕※4

ルーシアスの召使い　そんな返事じゃ役に立たん。

執事　立たないんなら、寝かしておけ。
悪党のために立ち働く※5おまえらよりはましだ。
〔退場。〕※6

ヴァローの召使い一　何だって？　あのくびになった人は何をぶつくさ言っていた？

ヴァローの召使い二　何だっていいさ。あいつも貧乏人だ。ざまあみろさ。頭を守る家がないやつにかぎってでかい口を叩《たた》くんだ。※7どんなでかい屋敷に向かってもキャンキャン吠《ほ》えるだろうよ。

サーヴィリアス登場。

タイタス　おっと、サーヴィリアスだ。これで返事が聞ける。

サーヴィリアス　紳士諸君、悪いが出直して頂けないだろうか。と

※6　Fでは、ここにト書きはない。どの現代版もここに執事の退場を指定しているが、一つの可能性として、退場せずに舞台にとどまっているとは考えられないだろうか。74ページではタイモンに呼ばれてすぐ前に歩み出るのみで、Fには彼が登場するというト書きがないのだ。少し離れたところから事態を見守っているという演出も可能か。

※7　「頭を守る家がない」（has no house to put his head in）という表現は、『リア王』第一幕第五場で、道化がリア王に「娘に全部あげちまった」とからかうときに使う表現でもあり、タイモンとリア王とがここから重なっていく。

言うのも、タイモン卿はひどく不機嫌なんだ。いつもの穏やかな
気性がなくなってしまった。体調も崩されて、部屋に籠《こ》もってお
られる。※1

ルーシアスの召使い　部屋に籠もる者が病気とはかぎらない。※2
もし健康をひどく害されているのであれば、
すぐに借金をお支払い頂き、晴れ晴れとしたお心で
神々のもとへ行けばいい。

サーヴィリアス　　何ということを！

タイタス　とにかくそんなんじゃ返事にならん。※3

フラミニアス　〔奥で〕サーヴィリアス、助けて！　旦那様、旦那様！※4

　タイモンが激怒して登場。

タイモン　何だ？　自分の家だというのに、主《あるじ》が
通れぬのか？　これまで自由にやってきたのに、
わが家が敵となり、わが牢獄《ろうごく》となるのか？
これまで宴会を開いてきたその場所が、今度は
人間どもと同様に、鉄の心を示すのか？

ルーシアスの召使い　今だ、タイタス。※5

タイタス　閣下、これがうちの請求書です。

※1　どうやらサーヴィリアスとフラミニアスは二人で相談して、タイモンに部屋に籠もってもらい、その隙にサーヴィリアスが皆を追い払おうとしたらしい。ところが、部屋に籠もる気のなかったタイモンは、フラミニアスの制止を振り切って飛び出してきてしまうのだろう。

※2　ここから再び韻文に戻る。

※3　「タイモン卿は部屋に引き籠もりましたのでお引き取りください」では返事にならない、ということ。

※4　四拍の短い一行。韻文が続いている。フラミニアスとサーヴィリアスは、このあと二度と登場しない。

※5　これ以降の短い行をシェアード・ライ

ルーシアスの召使い　うちのはこれです。
ホーテンシアス[※6]　うちのも、閣下。
ヴァローの召使い一と二　うちのも。
フィロータス　みな請求書を持って参りました。
タイモン　その請求書で一斉に急所を狙え。[※7]私を倒せ。
ルーシアスの召使い　ああ、旦那様。
タイモン　私の心臓を金額の数に切り刻むがいい。
タイタス　私のは五十タレントです。
タイモン　私の血を一滴一滴数えろ。
ルーシアスの召使い　五千クラウンになります。
タイタス　五千滴の血で払おう。おまえのは？　おまえのは？
ヴァローの召使い一　閣下――
ヴァローの召使い二　閣下――
タイモン　私を八つ裂きにして、おまえらに天罰が下るがいい！

タイモン退場。

ホーテンシアス　いやはや。俺たちの主人は、金をあきらめるしかないな。あの借金は、もうどうしようもない。借り手の頭がどうしようもなくなっちまったんだから。

一同退場。

ンにして韻文と解釈するオックスフォード版を例外として、ほかは散文としている。
※6　Fでは、ここが1. Var. And mine, my Lord. となっており、次の行が 2. Var. And ours, my Lord. となっている。ヴァローの召使いたちは複数形の ours と言うべきなので、ここはホーテンシアスの台詞とする校訂が伝統的。
※7　タイモンは bills（請求書）をわざと、中世の歩兵隊が用いた鉾槍（bills）と解して、それで殺せと言う。billhook（鉈鎌）と呼ばれた農耕器具から発展した武器で、halberd（槍斧）のような斧部がなく、刃は曲がって引っ掛けるようになっている。

タイモン〔と執事フレイヴィアス、再〕登場。[※1]

タイモン 息がつまる思いをさせおって、あいつらめ。
借金取りだと？ 悪魔だ！

執事 旦那様――

タイモン そうしたら[※2]、どうなるか――

執事 旦那様――

タイモン やってみよう。執事はおるか！

執事 〔前へ進み出て〕ここにおります。

タイモン おお、早いな。わが友人たちをもう一度招待しろ。
ルーシアス、ルーカラス、センプローニアス――全員だ。
あいつらにもう一度ご馳《ち》走《そう》してやる。

執事 ああ、旦那様、
とりとめもないことを仰《おつしや》いますな。
まともな食卓を用意できるだけの
蓄えはございません。

タイモン 心配するな。行け、
全員招待しろ、悪党どもに押し寄せるよう言っておけ。〔★〕
支度のほうは、私とコックに任せておけ。〔★〕[※3]

※1 執事が71ページで退場するという前提で、この直前に一回舞台が空になるため、ここから新しい場面が始まるとする現代版もある。しかし、タイモンのアクションとしてはつながっているので、ペンギン版やケンブリッジ版と同様に、第三幕第四場が続いていると解釈する。映画的な視点で言えば、73ページまでは屋敷前だが、ここから部屋の中に移るといった演出が考えられる。だが、グローブ座では場所の提示はしないので、連続した場面と解釈できる。

※2 ここでタイモンは何かを思いつく。

※3 tide と provide で韻を踏む二行連句。場面を締めるシェイクスピア的用法。

二人退場。

〔第三幕　第五場〕※4

一方から三人の元老院議員登場し、アルキビアデスが従者たちとともに会いに行く。※5

元老院議員一　閣下、私も賛成です。この罪はひどすぎる。
死刑とする必要があります。
慈悲をかけては罪をのさばらせることになる。※6
元老院議員二　まったくです。法によって罰するべきです。
アルキビアデス　名誉と健康と思いやりが元老院にありますよう！
元老院議員二　何でしょう、将軍？
アルキビアデス　私は皆様の美徳に慎んで訴えかけます。
と言うのも、憐《あわれ》みこそ、法の美徳。※7
法を残酷に行使するのは暴君にほかなりません。
たまたま運のめぐりあわせで、わが友※8に
不運が訪れ、友は、かっとなって

※4　ミドルトン執筆と推定されている場。
※5　三人の議員が議論しているところへ、アルキビアデス将軍が声をかけるという流れ。将軍の一行は少し後から登場するのだろう。
※6　『ロミオとジュリエット』第三幕第一場の大公の台詞「人殺しを赦すなら、その慈悲は人を殺すも同然だ」参照。
※7　『ヴェニスの商人』第四幕第一場のポーシャの台詞「慈悲とは、無理に搾り出すものではない。天から恵みの雨が降るように、地に降りてゆくものだ」参照。
※8　この友が誰なのか、明らかになることはない。故事にもこれに相当する人物は見当たらない。

法の一線を踏み越えた。法は、
不注意に飛び込む者には、深すぎる水だ。
わが友は、その不運を別にすれば、
立派な人物です。※1
この度《たび》の行為も卑怯《ひきよう》な真似をしたわけではない。
彼の名誉が、その罪を償って余りある。
彼はただ、自らの名声が抹殺されんとしたため※2
雄々しい怒りと清らかな精神でもって
敵に向かったにすぎない。※3
しかも、その怒りもじっとうちに秘め、
しっかり抑え込んでいた。まるで議論によって
己の正しさを証明するような冷静さでもって。〔◇〕※4〔◇〕

元老院議員一　あなたは、醜い行為を美しく見せようとして、
無理なこじつけをなさろうとしている。
あなたのもってまわった言い方では、
人殺しも立派となり、喧嘩《けんか》をするのも
勇気の証《あかし》となるが、それはまさに
勇気のはきちがえ、この世に派閥争い、
内輪もめが起きるたびに生まれる勇気だ。

※1　二拍半の短い行。
※2　reputation touched to death――まったく同じ表現がミドルトン作『ヨークシャーの悲劇』第二場に'Shall I stand idle / And see my reputation touched to death?' という形で見られる。エリザベス朝戯曲のデータベースで調べると、この二か所以外に用例は見られないという。
※3　三拍の短い行。このように、あまり深い意味もなく短い行を頻繁に入れるのもミドルトン流。
※4　spent と argument で韻を踏む二行連句。台詞の最後を締めくくる用法はシェイクスピアと共通するが、この場の韻律にこだわらない書き方は非シェイクスピア的。

真に勇敢な者は、どんなに耐えがたくひどい
悪口を言われようと、賢く耐えて、※5
侮辱を受けても飄々《ひょうひょう》として、
衣服のような外面として身にまとうもの。
決して心を傷つけず、心を危険に
曝《さら》したりはしない。
わからぬではない、侮辱を受けて殺意を抱く心境、〔◆〕
だが、そのために己の命をかけるのは愚の骨頂。※6〔◆〕
アルキビアデス　閣下——
元老院議員一　大罪を清らかに見せることはできない。〔△〕
真の勇気とは耐えることだ、復讐《ふくしゅう》することではない。※7〔△〕
アルキビアデス　諸卿《しょきょう》、どうか、お許し頂きたい。
将軍として話すのを。※8
なぜ愚かな人間は、危険な戦場に身を曝すのか？
どんな脅しを受けても、我慢して、
抵抗もせずに、我らの喉《のど》を静かに
掻《か》き切らせればよいではないか？　辛抱して〔▲〕
耐えるのが勇敢だというなら、どうして※9〔▲〕
外国を攻める？　それなら故国にとどまる

※5　Fでは三拍の短い行であるため、オックスフォード版は次の三拍半と合わせて六拍半の一行にしており、アーデン3版では次の行の四語だけここを移動して五拍（弱強五歩格）にし、その次の行を六拍にするなどして調整している。しかし、韻律にこだわらないミドルトンの奔放な書き方を整然としたシェイクスピア風の書き方に調整する意味はなく、他の版がしているようにFのまま読むべきであろう。
※6　kill と ill で韻を踏む二行連句。
※7　clear と bear で韻を踏む二行連句。
※8　三拍半の短い行。
※9　be と we で韻を踏む二行連句。挿入的なミドルトンの用法。

女たちが最も勇敢ということになる。耐えるのが、
美徳ならば。愚かなロバのほうがライオンより勇敢で、
鉄につながれた罪人のほうが裁判官よりも賢いことになる、
忍耐するのが知恵ならば。ああ、諸卿、高い立場に
おられるのですから、どうかお示しください、慈悲を。〔▽〕※1
冷静なればこそ批判できるのです、無謀さの非を。〔▽〕※2
殺人が最も赦《ゆる》し難い罪であるのは当然でしょう。〔▼〕
だが、名誉を守るためであれば正当でしょう。〔▼〕※3
怒ってしまうのは神の御《み》心に背くことです。
しかし、怒らない人などいるでしょうか。
どうか以上の点をお考えの上ご判断ください。
元老院議員二　何を言おうと無駄だ。
アルキビアデス　　無駄だと？　彼は
スパルタ※4とビザンチウムとで戦功をたてた。
それだけでも命を救う賄賂《わいろ》として十分だ。
元老院議員一　何だって？
アルキビアデス　いいですか、諸卿、立派な功績の
ある人なのです。多くの敵を倒したのだ。
最後の戦いでは、実に勇敢な活躍ぶりで、

※1　偉い立場にいる人が権威をかさに着て罰を与えようとするのは暴君の行為であり、慈悲を示すことこそ正義だと訴える『尺には尺を』第二幕第二場のイザベラの議論を参照のこと。またイザベラも「賄賂」を申し出る。
※2　冷静な傍観者は誰でも、向こう見ずになされた無謀な行為を非難できるが、実際に当事者になれば激しい感情を抑えることはできない、と解釈することに大方の意見の一致が見られるが、アーデン2版だけは「冷酷になされた行為であれば非難できる」とする。
※3　good と blood、gust と just で韻を踏む二重の二行連句。
※4　Lacedaemon　51ページ注9参照。

敵に多くの傷を負わせたのだ！

元老院議員二　それを理由にやりたい放題にやりすぎた。
どうしようもない暴れん坊※5だ。酒に酔って、
正体をなくし、その勇気も酔った勢いだ。
敵がいなくとも、酒だけですぐ
倒れてしまう。酒を呑《の》んで暴れて、
狼藉《ろうぜき》を働き、陰謀を煽《あお》っている。
やつの日々の振る舞いはあまりに粗暴、〔◎〕
酒を呑むと危険になる暴れん坊。※6〔◎〕

元老院議員一　死刑だ。

アルキビアデス　それはひどい！※7　戦死したほうがました。
諸卿、彼を褒め称《たた》えても無駄ならば――
その右腕がなした手柄ゆえ、誰憚《だれはばか》ることなく
人生をまっとうするに値する人物ではあるが――
わが功績も合わせて、諸卿に訴えたい。
賢明にしてご高齢の皆様が平安を愛するのは※8
存じていますから、私が勝ち得た勝利、
わが名誉を質草に入れて、彼を取り戻したい。
この度の罪ゆえに命が法にとられるのであれば、

※5　rioter　シェイクスピア作品に見られない語彙だが、ミドルトンは頻繁に使用しているとオックスフォード版は指摘する。

※6　us と dangerous で韻を踏む二行連句。

※7　Hard fate!　シェイクスピアの作品には見られない表現だが、ミドルトン作『チープサイド街の貞淑な乙女』第三幕第一場にあるとオックスフォード版。

※8　Fではこの行が拍余りになるため、余計な語 security を次行へ送り、順繰りに語を次行へ送って韻律調整を行う編者が多い（オックスフォード版はこの行を二行に分割している）が、ケンブリッジ版のようにFのまま読むべきであろう。

その命を戦《いくさ》で勇敢に散らせてやってくださいますよう。〔○〕
厳しきは法のみならず、戦もまた同様。〔○〕
元老院議員一　我々は法に従う。死刑だ。問答無用。〔○〕※1
我々を怒らせるな。友か兄弟かに拘《かかわ》らず〔●〕
他人の血を流す者は己の血で償うのだ、必ず。〔●〕
アルキビアデス　そんなばかな。それが法か？〔□〕
諸卿よ、私に免じてどうか。〔□〕※2
元老院議員二　何？
アルキビアデス　私の功績を思い出してくれ。
元老院議員三　何だって？※3
アルキビアデス　年のせいでこの俺を忘れたのか。
でなければ、こんなひどい扱いを受けるはずがない。〔■〕
この程度の願いを拒絶されるなんてありえない。〔■〕※4
おまえらを見てると古傷がうずく。
元老院議員一　我々を怒らせるのか？
言葉は少ないが、意味は大きいぞ。
おまえを永遠に追放する。
アルキビアデス　追放だ？〔※〕
おまえらの耄碌《もうろく》こそ追放するのが妥当だ。〔※〕

※1　gore と more と more で韻を踏む三行連句。

※2　brother と another, be と me で韻を踏む二重の二行連句。すべての現代版は次行の「何？」(How?) をこの行とのシェアード・ラインとしているが、シェアード・ライン前半の末尾で韻を踏ませる例はシェイクスピアにはない。

※3　F は What. アーデン2版のように感嘆符をつけて、怒りの表現ともできるが、オックスフォード版は、年のせいで耳がよく聞こえないと解釈する。後者の方が「忘恩」にはふさわしい。

※4　base と grace で韻を踏む二行連句。台詞の途中に挿入されるミドルトン的用法。

金貸しこそ元老院を醜くする元凶だ。〔※〕※5

元老院議員一　二日経ってもまだアテネにいれば、※6
もっと重い判決を覚悟しろ。
我らの怒りを煽《あお》ることなきよう、
直ちに追放の処分を下す。

〔元老院議員〕一同退場。

アルキビアデス　いつまでも老いぼれたままでいるがいい！
ふた目と見られぬ生ける骸骨《がいこつ》になるがいい！
怒りで気がおかしくなりそうだ。俺が敵と闘っているあいだ、
やつらは金勘定をし、投資をして
巨額な利益を得ていたのだ。俺がたんまり
手に入れたのは傷ばかり。その見返りがこれか？※7
金儲《かねもう》けの元老院が将軍の傷に
すりこむ薬がこれか？　追放だと！
悪くない。追放されてやろうじゃないか。
こんなにも癪《しゃく》に障《さわ》る思いをさせてもらったからには
アテネを攻撃するいい理由となる。不満を抱く
わが軍を元気づけ、同志を募ろう。
武人が抗《あらが》い戦うは、名誉のためにほかならず。〔＊〕

※5　me と usury と ugly で韻を踏む三行連句。
※6　この元老院議員の台詞をオックスフォード版は二行目（三拍半）と三行目（三拍半）を合わせて、全部で三行としている。アーデン3版は前のアルキビアデスの最終行（三拍半）に合わせてシェアード・ラインを作って韻律を調整しようとしている。ミドルトンの奔放な韻文は、ケンブリッジ版、ペンギン版、アーデン2版のように、Fのまま読むしかないだろう。
※7　『リチャード三世』第四幕第二場のバッキンガムの「さんざん尽くしてやって、そのお返しがこの侮蔑か。王にしてやったのに、これか」参照。

武人たる者、侮辱に耐えるべからざること神と変わらず。〔＊〕※1

退場。

〔第三幕　第六場〕※2

タイモンの友人たちが両側のドアから登場。

貴族一※3　ごきげんよう。

貴族二　御同様に。こちらのお宅の立派なご主人は、先日ただ我々をからかったんですねえ。

貴族一　私もまさにそう考えてたんだ。何人かの友人を試したとき、さも困ってらしたようだが、本当は違ったんだな。

貴族二　こうして改めて宴会に招待なさるところを見れば、そういうことでしょう。

貴族一　そうだろうな。是非にとのご招待を頂いたので、他の用事をいろいろキャンセルしなければならなかった。そうまでしても出席してほしいとおっしゃるものだから。

貴族二　私も同様に、重大な用事があったのに、伺えないという返事では許してもらえませんでした。タイモン卿《きょう》がお金を借りに使いをよこしたとき、こちらの手元が不如意だったのは申し訳なかった。

※1　odds と gods で韻を踏む二行連句。
※2　主にシェイクスピアの筆であろうと推測されている。
※3　ペンギン版はシソンに従って、貴族一をルーカラス、貴族二をルーシアス、貴族三をセンプローニアス、貴族四をヴェンティディアスとしている。

貴族一　私もそりゃ申し訳なく思ってるよ、こうなってみればねえ。
貴族二　ここにいる者は皆そうですよ。あなたはタイモン卿からいくら貸してほしいと言われたんですか。
貴族一　一千。
貴族二　一千ですって？
貴族一　あなたは？
貴族二　私には――あ、いらした。

タイモン卿が従者たちと登場。

タイモン　これはご両人、ようこそ。お元気ですか？
貴族一　最高ですよ。閣下がお元気と聞きまして。
貴族二　我々は、夏になると喜んでやってくる燕《つばめ》以上の喜びをもって、閣下につき従う者です。
タイモン　〔傍白〕そして、冬になると飛び去るのも、燕以上だろう。――皆さん、このように長くお待たせするほどの料理は用意しておりませんが、しばらくはこの音楽をお耳のご馳《ち》走《そう》としてください。ラッパの音が耳障《みみざわ》りでなければ。まもなくですから。
貴族一　お使いを手ぶらで返してしまったことを閣下が気になさっていないとよいのですが。
タイモン　ああ、どうぞご心配なく。
貴族二　閣下――
タイモン　やあ、君。どうなさった？

貴族二　恐れながら、実に恥じ入っております。先日、閣下がお使いをおよこしになったとき、私はまったく手持ちの金がなかったもので――
タイモン　お気遣《きづか》いなさるな。
貴族二　もう二時間早くお使いをよこしてくだされば――

料理が運び込まれる。

タイモン　いつまでも思い惑われるな。――おい、全部いっぺんに持ってこい。
貴族二　〔他の貴族に〕どれも蓋《ふた》つきの料理ですよ。
貴族一　大ご馳走ですな。
貴族三　まちがいありませんね。旬の素材を使った高価なものでしょう。
貴族一　〔貴族三に〕やあ、あなたですか？　何かニュースでもありますか？
貴族三　アルキビアデスが追放されました。ご存じでしたか。
貴族一と二　アルキビアデスが追放されたって？
貴族三　そうです。確かな話です。
貴族一　なぜだ？　どうしてだ？
貴族二　教えてください。何が原因なんですか？
タイモン　諸卿。どうぞこちらへ。
貴族三　続きはあとでお教えしましょう。まずはご馳走です。
貴族二　相変わらずの大盤振る舞いですね。

貴族三　いつまでもつでしょうかね？

貴族二　もちはするでしょうが、先のことは……ねえ？

貴族三　わかります。

タイモン　それぞれ腰掛けにお座りください。恋人の唇に飛んでいくような勢いで。料理はどれも同じです。儀式ばった宴会ではないのだから、席順など気にして料理を冷ますことはない。座って、座って。神々のために食前の祈りを捧《ささ》げよう。

我らが慈しみ深き神々よ。我らの上に恵みの雨を降らせ、感謝の念を抱かせしめよ。その恵みゆえに神々を称《たた》えしめよ。ただし、神々の蔑《さげす》まれるを避けんがため、幾らかは与えるのを控えたまえ。互いに貸し借りなきように、それぞれに十分与えたまえ。万一神々が人より借りることあらば、人は神々を見捨てん。食べ物が、それを与えた者より愛されるべし。二十人集まれば、そこに二十人の悪党あれかし。十二人の女、席につけば、十二人は娼婦であれかし。それ以外は、ああ神々よ、アテネの元老院議員から下々の平民に至るまで、その欠点ゆえに破滅に至らしめよ。わが現在の友人たちは、私には意味がないので、祝福のないまま、無へと導きたまえ。

さあ蓋を取れ、犬め。なめるがいい！

〔料理の蓋が取られる。生ぬるい湯と石が入っているだけ。〕

誰か※1　どういうことだ？

他の者※2　わからない。

※1　Fには *Some speake* とある。
※2　Fには *Some other* とある。

タイモン　おまえらはこれ以上のご馳走にありつくことはない。※1
口先だけの友達め。湯気と生ぬるい湯が※2
おまえらにはふさわしい。これがタイモンの最後の宴会だ。
おまえらのおべっかまみれになっていた私は、
それを洗い落とし、おまえらの顔に
その悪臭を放つ悪党ぶりをかけてやる。※3 嫌われ者として
長生きしろ。にやついた、調子のいい、おぞましい食客め、※4
慇懃《いんぎん》な破壊者、愛想のいい狼、おとなしそうな熊、※5
運命の阿呆《あほう》、※6 食事をするときだけの友、時勢にたかる蝿、
ぺこぺこする奴隷め、吹けば消える、ご機嫌取りめ！
人間と獣《けもの》の罹《かか》る最悪の病気に罹り、
全身瘡蓋《かさぶた》に覆《おお》われるがいい！　おっと、逃げるのか？
待て。まずは薬を受け取れ。※7 おまえもだ。おまえもだ。
止まれ。金を貸してやろう。借りはしない。
何だ？　皆、逃げるのか？※8 今後宴会を
開くなら、悪党を客として迎えるんだな。
燃えろ、家よ！　沈め、アテネよ！　呪われろ、〔☆〕
ありとあらゆる人間はタイモンに憎まれろ！〔☆〕※9

〔タイモン〕退場。

※1　ここから韻文。
※2　ぬるま湯から湯気は立たない。湯気は何もないことの比喩だろう。
※3　ここで湯を客たちの顔にかけるのであろう。
※4　『ハムレット』第一幕第五場「にやついた呪わしき悪党」参照。
※5　シェイクスピアの大好きなオクシモロン（撞着語法）。
※6　『ロミオとジュリエット』第三幕第一場「運命に弄ばれる愚か者」参照。
※7　ここで石を投げつけるのであろう。
※8　退場のト書きはないが、このあたりまでに全員が逃げ出しているのであろう。
※9　be と humanity で韻を踏む二行連句。

元老院議員たちが他の貴族たちと〔再〕登場。

貴族一　驚きましたね、皆さん？
貴族二　何を怒ってたんですか、タイモン卿は？
貴族三　ちぇ。私の帽子を見ませんでしたか？
貴族四　マントをなくしてしまった。
貴族一　すっかり人が変わって、気が変になってたな。先日宝石をくれたのに、そいつを帽子から叩《たた》き落とされたよ。宝石、見ませんでしたか？
貴族二※10　私の帽子を見ませんでしたか？
貴族三　ほら、これでしょ。
貴族四　マント、ここにあった。
貴族一　さあ、長居は無用だ。
貴族二　タイモン卿は気が狂った。　体じゅう痛いし。〔★〕
貴族三　くれるのは、かつてはダイヤ、今は石。〔★〕※11
貴族四

元老院議員たち〔と貴族たち〕退場。

※10　Fの読み。直前に帽子を捜していたのは貴族三だという理由でカペルがここを貴族三、次を貴族二と変更して以来、それが踏襲されてきたが、ケンブリッジ版と同様Fのまま読み、帽子をなくしたのは二人と考える。帽子を捜していた貴族三が、落ちていた帽子を見つけ、自分のではないと気づいてがっかりしたところに貴族二が帽子を求めるので、手にした帽子を差し出すという流れが自然に考えられる。
※11　bonesとstonesで韻を踏む二行連句。散文だったのが急に韻文となる。オックスフォード版とアーデン3版は貴族一の散文以降シェアード・ラインで韻文にしている。

〔第四幕　第一場※1〕

タイモン登場。

タイモン　ああ、アテネの壁よ※2。これが見納めだ。
あの狼ども※3を守ったりせずに、大地に沈んで、
アテネの城壁となるな！　人妻は不倫しろ！
子供は言うことを聞くな！　奴隷と阿呆は
皺《しわ》だらけの重々しい元老院議員を追い出して、
代わりに政治を行え！　瑞々《みずみず》しい処女たちよ、
直ちに、どんな男とも寝る娼婦になれ※4！
両親の目の前でまぐわえ！　破産者よ、のさばれ、
金を返すくらいなら、ナイフを抜いて、
金を貸したやつらの喉《のど》を切れ！　召使いどもは盗め！
偉そうな主人たちは、法律を利用して搾取する
大胆な強盗なのだ※5。女中よ、主人のベッドへ行け。
どうせ奥方様は娼婦だ！　十六の息子よ、

※1　シェイクスピアの筆になると思われる場面。場面変わってアテネの町の外。

※2　アテネの町は城壁で守られていた。文明的要素をかなぐり捨てて厳しい自然に身を委ねて人間界を呪う姿はリア王に重なるという指摘が多くなされてきた。

※3　アテネ市民。

※4　『トロイラスとクレシダ』第五幕第一場のテルシテスの罵りや『リア王』第四幕第六場のリア王の「やれ、やれ、スケベども、手当たり次第にやりまくれ」参照。

※5　『リア王』第四幕第六場のリア王の台詞「ぼろを着ていれば小さな悪事は透けて見える。法服や毛皮はすべてを覆い隠す」参照。

足を引きずる老いぼれ親父《おやじ》から杖《つえ》を奪い、そいつで
じじいの脳味噌《のうみそ》を叩き出せ！　敬虔《けいけん》な心も畏怖《いふ》も
神々への信仰、平和、正義、真実、
親への敬意、夜の安らぎ、隣人愛、
教訓、礼儀、職業、商売、
序列、作法、風習、法律※6、
すべて壊れて、矛盾となれ！
だが、混乱だけは生きろ！　人間を襲う疫病よ、
その強力な伝染力のある熱を今こそ、天罰を受けるべき
アテネの上にたっぷり注げ！　梅毒※7よ、
元老院議員にとっついて、やつらの体を
その振る舞いのように、麻痺《まひ》させろ！　奔放な性欲よ、
若者たちの心と骨の髄に忍び込み、
美徳の流れに逆らって、乱交して
溺《おぼ》れさせろ！　梅毒の疥癬《かいせん》と膿《うみ》よ、
あらゆるアテネ人の胸に育って、
みな疫病※8に罹るがいい！　息は病気を移せ。
人づきあいをすることが、こいつらの友情同様、
まさに毒となるように！　おぞましきアテネの町※9よ、

※6　『トロイラスとクレシダ』第一幕第三場でユリシーズがこの世界の秩序を説明しようとして、「序列、階級、地位、規則、針路、均衡、季節、形式、職務、慣習」と列挙する台詞を想起させる。
※7　Fには cold Sciatica（冷たい坐骨神経痛）とあるが、これは梅毒の別称。
※8　Fでは leprosy これまで「癩病」などと訳されてきたハンセン病を指すが、感染力の強い病気と誤解されたのみならず、エリザベス朝においては性病（梅毒）と混同された。
※9　ここでタイモンは自分の服をはぎ取るとト書きを加えるベビングトンの校訂をオックスフォード版は踏襲。リア王を想起させる。

おまえから奪うのは、この裸の身一つだ！
これ※1もくれてやる、募る呪いとともに！
タイモンは森へ行く。森にさまよう〔◇〕
情なき獣も人間よりは心優しく※2思えよう。〔◇〕
神々よ——どうか、神々よ。耳を貸したまえ。〔◆〕
アテネ人というアテネ人をすべて破滅させたまえ。〔◆〕
そして、タイモンが年をとるにつれ、全人類に対する〔△〕
わが憎悪がますます大きくなることを祈願する。〔△〕※3
アーメン。※4

退場。

〔第四幕　第二場※5〕

執事が二、三人の召使いとともに登場。

召使い一　ねえ、フレイヴィアス様、ご主人様はどこです？
うちはほんとに何一つなくなって破産したんですか？

執事　ああ、君たち、何と答えればいいんだ？

※1　脱ぎ捨てた服か。

※2　原語 kind の原意は、その生物の種類(kind)に特有の振舞い、自然な振る舞いのこと。母親が自分の乳児を愛しむのは kind つまり母親らしいのであり、人が人情を抱くのも kind であり、そこから現代に通じる「優しい」の意味が生まれてくる。情がない人は人間らしくない(unkind)。タイモンは情がないはずの獣のほうが人間よりも人間らしいと言っている。

※3　find と mankind, all と wall, grow と low の三重二行連句。

※4　「そうなりますように」の意味。

※5　シェイクスピアとミドルトン両方の筆が認められる場。場所はタイモン邸。

正しい神々の前で証言してもよいが、
私は君たち同様貧しいのだ。

召使い一　これほどの家が破産？
あんなに気高いご主人が没落し、皆いなくなって、
腕を支えて、一緒に歩んでくれる友人の
一人もいないとは。

召使い二　俺たちが、墓に投げ込まれた
仲間に背を向けて立ち去るように、タイモン卿《きょう》の
財産の恩恵に与《あずか》っていた連中も財産がなくなると、
皆《みんな》こそこそ逃げていく。スリが空《から》の財布を捨てるように
中身のない誓いをあとに残して。お気の毒な旦那《だんな》様は、
空しく施しを乞《こ》うばかり。皆から嫌がられる
貧乏という病《やまい》にかかり、軽蔑《けいべつ》の権化となって
一人ぼっちで歩いていかれる。仲間が来た。

　ほかの召使いたち登場。

執事　皆、つぶれた家の壊れた道具だ。※6

召使い三　それでも、心はまだタイモン卿の召使いだ。
それは皆の顔を見ればわかる。俺たちはまだ、

※6　All broken implements of a ruined house. オックスフォード版によれば、シェイクスピアは implements という語を人に対して用いることはないが、ミドルトンは *A Mad World, My Masters*, 1. 1. 62-3 に用例があり、bankrupt の意味で broke を用いることはシェイクスピアにはないが、ミドルトンの『復讐者の悲劇』第二幕第一場にその用例があるという。しかし、この直前の召使い二の台詞などはシェイクスピア的なので、ミドルトンが部分的に加筆したのではないかとされている。
　この場面になってようやく人情味のある登場人物たちが会話を交わすようになっている。

同じように悲しんで仕える仲間だ。船は水漏れし、
哀れな乗組員である我々は、※1 死にゆく甲板に立ち、
恐ろしい波の音を聞いている。あとはばらばらに
海の藻屑《もくず》となるばかり。皆《みんな》、

執事

最後に残った財産を分け合おう。
今度どこで会おうと、タイモン様のために
ずっと仲間でいよう。首を振って、
いわば旦那様の不運を弔う鐘を鳴らすつもりで、
「昔はよかった」※2 と言おう。それぞれ取ってくれ。
〔金を差し出すが、召使いたちは受け取るのを躊躇《ちゅうちょ》する。※3〕
いや、手を出してくれ。何も言うな。これきりだ。〔▲〕
一文なしで別れるが、悲しみだけはたっぷりだ。※4〔▲※5〕
召使いたちは〔金を受け取り、〕抱擁してからばらばらに退場。
ああ、栄光のおかげで何と惨めな思いをすることか！
こうなれば、誰もが思うだろう、富などたくさんだと。〔▽〕
思い知ったのだ、富の先にあるのは蔑《さげす》みと悲惨だと。〔▽※6〕

※1 『アントニーとクレオパトラ』第三幕第十三場のイノバーバスの台詞「将軍、あんたの水漏れはひどすぎる。退散して、あんたが沈むに任せるしかない」を想起させる。
※2 『お気に召すまま』第二幕第七場「我らはかつてよい暮らしをしていた」参照。
※3 タイモンの「友人たち」とは対照的な無欲さ。
※4 rich in sorrow 『リア王』第一幕第一場では、コーディーリアが most rich being poor と言われる。
※5 more と poor で韻を踏む二行連句。挿入的な二行連句は、ミドルトンの特徴。
※6 exempt と con-tempt で韻を踏む二行連句。

栄光に翻弄《ほんろう》されたい者が、あるいは
友情の夢に生きたい者がいるか？※7
偉そうに堂々と派手に振る舞ってみたところで、
うわべばかりの友人同様、飾り立てた虚像にすぎない。
哀れ、正直な旦那様は、寛大なお心ゆえに落ちぶれた。
人が好《よ》すぎて破滅なさるとは、何と奇妙なめぐり合わせ。〔▼〕
最悪の罪が、善行の積み過ぎとは、何という不幸せ。〔▼〕※8
となれば、あの半分も人に情けをかけようとする者がいようか。
恵みは神々には必要だが、人間を駄目にする。
愛《いと》しい旦那様が幸福だったのは、呪われるため。
金持ちだったのも惨めになるため。その莫大《ばくだい》な財産が
最大の苦悩の種となった。ああ、優しい旦那様は
激怒して、この化け物のような友人たちの住む
恩知らずの町を飛び出した。※9
命をつないでいく食料もなければ、
それを買う金もお持ちでないのに。※10
あとを追って、お捜し申し上げよう。
何とかしてそのお心にお仕えしたい。〔◎〕
金が続くかぎり、旦那様の執事でありたい。〔◎〕※11

※7　But in a dream of friendship『ハムレット』第二幕第二場の But in a fiction, in a dream of passion を想起させる。

※8　blood と good で韻を踏む二行連句。台詞の途中の挿入的な二行連句は、ミドルトンの特徴。

※9　二拍の短い行。

※10　この行は三拍半、次行は四拍の短い行。ミドルトンは押韻をする直前の拍を短くしたがる傾向がある。
　シェイクスピアが執事と召使いたちの嘆きの場面をまず書き、ミドルトンが加筆したうえに、次の場面につなげるため、最後の十二行をつけ足したのかもしれない。

※11　will と still で韻を踏む二行連句。

退場。

〔第四幕　第三場〕※1

タイモンが森に登場。

タイモン　ああ、命を生み出す恵みの太陽よ、この大地より
腐った湿気を吸い取り、おまえの妹である月の下にある※2
大気を腐らせてしまえ！　同じ腹から生まれた
双子の兄弟は、胎児のときも一緒で、
生まれも同じはずなのに、別々の運命に触れたなら、運のいい方が悪い方を見下す。人は誰でもあらゆる病気に苦しむものだが、財産という病に罹《かか》ると、自然を軽蔑するのだ※3。
こっちの乞食《こじき》を引き上げて、あっちの貴族を蹴落《けお》としてみろ、
元老院議員は代々軽蔑され、乞食は生まれながらの
名誉を持つだろう※4。
牧草地があれば牛は肥えるが※5、なければ、

※1　主にシェイクスピアが書いたと推測される長い場。

※2　プトレマイオスの宇宙観によれば、月の下にあるものだけが変化し、腐敗することが可能で、月の上にある宇宙は不変。
　タイモンは太陽神アポロンに呼びかけて、アポロンの妹・月の女神ダイアナの下の世界に作用せよと願っている。

※3　三拍半の短い行。

※4　三拍半の短い行。

※5　F には It is the Pastour Lards, the Brothers sides,（牧草が肥やすのは兄弟の脇腹である）とある。「兄弟の」を rother's（雄牛の）、wethers（去勢した雄羊の）、beggars などと校訂することもある。

痩《や》せ細る。一体誰に言えるだろうか、
人間の純粋さをまっすぐに信じながら
こいつはおべっかを使っているなどと？
もし一人でもいたら、誰もがそうなのだ。
運命の階段では、下の段にいるやつが上のやつにごまをする。
賢い頭でも黄金の阿呆《あほう》に頭を下げる。すべて歪《ゆが》んでいる。
呪われた人間界において、隠れもない悪ほど
まっとうなものはない。それゆえ、あらゆる宴会、
付き合い、人間どもの群れは忌み嫌われろ！
タイモンはそんな人間を、そう自分自身を、憎む。
人間などくたばってしまえ！　大地よ、根っこをくれ※6。

〔タイモンは掘る。〕

それ以上のものを欲しがるやつは、その口で
大地の猛毒を味わうがいい。何だ、これは？
金《きん》か？　黄色く光る、貴重な金か※7？
いや、神々よ、私はいい加減な気持ちで祈っているのではない。
根っこをくれ、清らかな天よ！　こんなものがこんなにあったら、
黒は白に、汚れは清らかに、不正は正に変えられてしまう※8。

※6　根っこ（root）をくれと願うと天から金が与えられるのは、「金銭を愛することが、あらゆる悪の根（root）だからです」という『新約聖書』「テモテへの手紙一」第六章第十節を踏まえているのだろうか。

※7　Gold? Yellow, glittering, precious Gold?　オックスフォード版によれば、Gold? と Yellow の前に弱が入ると考えて、そこに半拍ずつ入れながら、弱強弱強弱と読み、glittering と precious は強弱の二音節で読み、Gold が強で、弱強五歩格がきれいに決まる。

※8　Black white, foul fair, wrong right　三拍の短い行。オクシモロン。86ページ注5参照。

卑しい者が高貴に、老人が若く、臆病者《おくびょう》が勇敢になる。
ハッ、神々よ！　なぜだ？　どうしてこれを？　こんなもの、
神々のそばから神官や従者らを引き離すだけのものだ。
屈強な男もこれのせいで寝首をかかれる。※1
この黄色の奴隷のせいで※2
信者が集まったり、反目したりし、呪われた者が祝福され、
白い瘡蓋《かさぶた》で覆われた※3疫病患者が崇拝され、泥棒が偉くなり、
肩書がついて、跪《ひざまず》かれ、元老院議員並みの
箔《はく》がつく。まさにこいつのおかげで、
しなびたババアだって再婚できちまう。
膿《う》んだできものだらけの病人でさえ一目見て
反吐《へど》が出そうだと思うほどおぞましい女でも
こいつで包んで香りをつければ、春の乙女に早変わりだ。えい、
呪われた土※4くれめ、見境なくどんな人間をも抱く娼婦め、
人間どもを互いに争わせるやつ。今に貴様の本領を
発揮させてやろう。

　遠くで進軍の音。

何だ？　太鼓か？　素早いじゃないか。

※1　原文にある「寝ている人の枕を抜き取る」とは、死にかけた人が楽に息を引き取れるように枕を外す習慣に言及するもの。ここでは屈強な男の枕となっているので、殺人を意味する。
※2　二拍の短い行。
※3　F は leprosy
89ページ注8参照。
※4　オックスフォード版とケンブリッジ版に従って、「金」を指すと解釈する。太陽に呼びかけたようにタイモンは大地に呼びかけていると解するアーデン3版は「貴様の本領を発揮させる」とは「根っこを彼に与える」という意味だとするが、「人間どもが奪いあって争うようにさせる」と解釈するのが妥当ではないだろうか。

だがおまえは埋めておこう。強《したた》かな盗人《ぬすっと》め、おまえは、
おまえの持ち主が痛風で立てなくなっても、動き回るだろう。
いや、少しとっておこう。

〔金を少し手元に残して埋める。〕アルキビアデスが、進軍の様子で太鼓と笛を持って登場。フライニアとティマンドラが付き従う。※5

アルキビアデス　何者だ？　言え。※6

タイモン　おまえと同じ畜生だ。また俺に人間の目を見せやがって、
おまえの心臓など爛《ただ》れてしまえ。

アルキビアデス　名は何と言う？　自分が人間のくせに、
そんなに人間が嫌いなのか？

タイモン　俺は人間嫌いだ。人間が憎い。
おまえが犬畜生だったらよかったのに。
そしたら少しは好きになれる。

アルキビアデス　　あなたでしたか。
まさかこんな状態になっていようとは知らなかった。※7

タイモン　俺もおまえのことをよく知っているが、
それ以上のことを知りたいとは思わない。太鼓についていけ。
人の血で大地を真っ赤に塗りたくれ。宗教の掟《おきて》も、

※5　Fのト書き。アルキビアデスの二人の情婦のうち、ティマンドラ（Timandra）はプルタルコスの『対比列伝』の第三十九節に言及があるが、フライニア（Phrynia）は同書に言及がない。後者はアテネの有名な高級娼婦フリュネ（Phryne）――超美人で、その淫らな行為のために死刑に向けて裁判を進めていた裁判官たちが、彼女の胸を見て、死刑を取りやめたという――がモデル。

※6　半裸で汚れた恰好をしているため、タイモンであることがわからない。

※7　次ページで「あなたの不幸のことは多少聞いてはいた」と言うが、まさかここまでとは思っていなかった。

国の法律も残酷だ。だから戦《いくさ》が残酷なのは当然だろう？
そこにいるおまえのおぞましい娼婦は、
天使のような顔をしながら、おまえの剣よりも
ずっと破壊力を持っているぞ。

フライニア　その唇が腐れ落ちるがいい。

タイモン　おまえにキスしたりはしない。だから、
おまえの唇の腐れが俺に移ることはない。

アルキビアデス　気高いタイモンがなぜこのようなことに？

タイモン　月のごとく、放つ光が薄れたのだ。
だが、月のように再び満ちることはない。
光を貸してくれる太陽がないからな。

アルキビアデス　気高いタイモン、友人として何ができる？

タイモン　何もできない。ただ、俺の意見を支持してくれ。

アルキビアデス　何だ、タイモン？

タイモン　友情を約束しておいて、実行するな。もし約束しないなら、神々がおまえに疫病を
与えますよう。おまえは人間だからな。もし友情を実行するなら、呪われろ。おまえは人間
だからな。※1

アルキビアデス　あなたの不幸のことは多少聞いてはいた。

タイモン　俺が栄えていたとき、不幸とわかったはずだ。

※1　ペンギン版とアーデン3版は韻文に直しているが、Fでは散文。

アルキビアデス　今わかった。あのときは幸せそうだった。
タイモン　今のおまえみたいにか、両手に娼婦を引き連れて？
ティマンドラ　この人が、世間がものすごく
誉めそやしたあのアテネ人？
タイモン　　　　　　　　おまえがティマンドラか？
ティマンドラ　　　　　　　　　　　　　　ええ。
タイモン　ずっと娼婦でいるがいい。おまえを抱くやつはおまえを愛さない。やつらの情欲をもらって、病気を移せ。むらむらしてきたら、やつらをそそのかして、性病を治す風呂《ふろ》に入れてやれ。薔薇《ばら》色《いろ》の頬をした若者たちは禁欲と食事療法で治してやれ。※2
ティマンドラ　死んじまえ、化け物！
アルキビアデス　許してやれ、優しいティマンドラ。
ひどい目に遭って、頭がおかしくなっているんだ。
このところ俺もあまり金がないんだ、偉大なタイモン、
おかげで毎日のようにわが軍では叛乱《はんらん》騒ぎだ。
まったく嘆かわしいかぎりだ。聞いたところでは、
呪わしいアテネ人が無礼にもあなたの偉大な行為を
忘れたそうですね。あなたの武力と財力がなかったら、
近隣諸国がアテネを蹂躙《じゅうりん》したところなのに。※3
タイモン　どうか太鼓を叩《たた》いて、帰ってくれ。

※2　Fでは散文。ケンブリッジ版と同様、散文のままで読む。

※3　タイモンは武人としてアテネを守ったとわかる。このことが最終幕で意味を持つ。

アルキビアデス　俺はあなたの友だ。同情してるんだ、タイモン。
タイモン　俺に迷惑をかけておきながら、同情とはよく言うな。
　俺は独りになりたいんだ。
アルキビアデス　　　　　　では、さらばだ。※1
　この金をさしあげよう。
タイモン　　　　　　いらん。金は食えん。
アルキビアデス　俺が思い上がったアテネを瓦礫《がれき》の山にしたら——
タイモン　アテネを攻めるのか？
アルキビアデス　　　　　　　　そう、そうする理由がある。
タイモン　おまえが征服するとき、神々よ、アテネを破壊せよ。
　そして征服したら、おまえも破滅するがいい！
アルキビアデス　なぜ俺まで、タイモン？
タイモン　　　　　　　　　　　　悪党どもを殺して
　わが国を征服すべく生まれついた罰だ。
その金はしまえ。さあ、俺が金をやる。さ、取れ。
ゼウスが、邪悪な町の病んだ空気に
毒を垂れこめたように、※2宇宙的規模の
疫病となるがいい。その剣で誰も彼《か》も叩き斬れ。
白い髭《ひげ》を生やしているからと年寄りを憐《あわ》れむな。

※1　Fではこのように二行の台詞なので、シェアード・ラインと解釈するのが自然。多くの現代版はそうなっている。

※2　当時、疫病は神の呪いと考えられていた。黒死病の流行について、一三四五年三月二十日、暑く湿った天候で、軍神マルスとゼウス（ジュピター）が空中に疫病を放ったと考えられた。これはこの日の午後一時に火星（マルス）と木星（ジュピター）と土星（サターン）が接近したせいだとされる。
　十三世紀のドイツのキリスト教神学者アルベルトゥス・マグヌスも、ゼウスは地上から悪い空気を吸い上げ、それが雷鳴と稲妻となると記述している。

高利貸しだぞ。偽善の婦人もやっつけろ。
正直そうなのは見せかけだけだ。
そいつ自身が売春宿の女将《おかみ》だ。処女の頬見て
鋭い剣を鈍らせるな。女の胸元からちらちらのぞく
白い乳房は男の目を誘惑するもので※3、
恐ろしい謀叛《むほん》人だ。情けをかけるべき者の
リスト※4にその名はない。赤ん坊も容赦するな。
えくぼの笑顔に慈悲をかけるのは愚かだ。
おまえの喉《のど》をかっ切ると怪しいお告げを受けた※5
私生児だと思って、情け容赦なく
細切れにしろ。何が心に訴えてこようと※6
心を動かすな。その耳と目に鎧《よろい》を着せて、
母親や乙女や赤子が叫びをあげようと、
聖なる衣服の聖職者が血を流そうと、
絶対に見聞きするな。兵士たちにこの金を与えて、
大混乱を引き起こせ。そして、怒りがおさまったら、
おまえ自身もくたばるがいい。何も言うな。行け。

アルキビアデス　まだ金を持っていたのか？　金は受け取るが、
あなたの忠告は受け取らない。

※3　97ページ注5参照。
※4　『新約聖書』「ヨハネの黙示録」第二十章第十二節にある「命の書」のこと。
※5　『オイディプス王』参照。
※6　Swear against objects; ペンギン版、アーデン2版、オックスフォード版は、シソン説に従い、objectsを「抗議」と解釈、そのあとの「叫び」と対応させ、アーデン3版とケンブリッジ版は「見るとある感情が湧き起こる対象」と解釈、「聖職者が血を流そうと、絶対に見聞きするな」に呼応していると解釈する。『リア王』第五幕第三場にobjectsの後者の用例がある。ここでは両方の意味に対応して訳した。

タイモン　どっちにしろ、おまえには天罰がくだるのだ！
フライニアとティマンドラ　お金を頂戴《ちょうだい》、タイモン。まだあるの？
タイモン　娼婦がその仕事を辞められるほどあるぞ。
娼婦が売春宿の女将になれるほど。持ち上げろ、この尻軽女、
スカートを持ち上げるんだ。※1 おまえらは信頼できないからな。
どうせものすごい誓いの言葉を並べ立て、
おまえらの誓いを聞いた天の神々の度肝を抜いて
卒倒させたりするんだろ。誓いはやめておけ。
おまえたちの本性を信じてやる。ずっと娼婦でいろ。
敬虔《けいけん》な言葉でおまえらを改心させようとするやつがいても、
しっかりと姦淫を続け、そいつを誘惑し破滅させろ。
おまえらの熱い炎でそいつの煙たい言葉を煙《けむ》に巻き、
改心などするな。だが、半年後には、おまえらが
苦労するんだ。※2 そして、禿《は》げかかった頭を
死人の髪で飾れ。※3 首をくくられたやつの髪でも、
何でもいい。かつらをつけて人を騙《だま》し、ずっと娼婦でいろ。
馬がずぶずぶ沈むほど※4厚化粧しろ。
皺《しわ》が何だ！
フライニアとティマンドラ　もっとお金頂戴。何してほしいの？

※1　金を受け止めるためにスカートを持ちあげて広げろという意味だが、ジュピターが黄金の光をダナエの膝に注ぎ込んで強姦したように性的な意味合いがあるとマイケル・ハタウェイは指摘する（『シェイクスピア・サーヴェイ』46号）。
※2　ペンギン版が示唆するように、男を騙す容貌がもつのもせいぜい六か月という意味だろう。そのあとは、かつらと厚化粧が必要となる。
※3　性病で禿げた頭に、死人の髪で作ったかつらをつけろという意味。『ヴェニスの商人』第三幕第二場参照。
※4　『ハムレット』第五幕第一場「何センチ化粧を塗りたくっても」参照。

お金のためなら何だってしてあげるわよ。

タイモン　性病を植え付け、※5
男どもの骨をスカスカにしろ。その向こう脛《ずね》を痛めつけ、※6
不能にしてやれ。※7 法律家の声を出なくし、※8
二度と嘘の権利を主張できなくし、勝手な屁理屈《へりくつ》を
喚《わめ》けないようにしろ。肉の道を禁じて人に説教しながら
自分の言葉を守らない司祭※9に病気を移して
疥癬《かいせん》だらけにしてやれ。鼻を落とすんだ。※10
ぺしゃんこにしろ。自分のことばかりで、
他人のことを気にしないやつの鼻っ柱を
なくしてしまえ。巻き毛の悪党を禿《は》げにして、※11
戦争で怪我もしていないのに威張るやつに
痛みを味わわせてやれ。誰も彼も疫病にしろ。
おまえらのやることのせいで、どんな男も
立たなくなるようにしろ。もっと金をやる。
ほかのやつらを地獄に落とせ。おまえらはこいつで地獄堕《お》ちだ。
どぶにはまって野垂れ死にしろ※12！

フライニアとティマンドラ　もっとお金とお説教を、※13タイモン。

タイモン　もっと姦淫して悪事を働くのが先だ。今のは手付金だ。

※5　二拍の短い行。
※6　梅毒で脛にできる結節は激痛を伴う。
※7　spurring　拍車をかけるが原意だが、「射精する、性交する」の意で用いられている。
※8　声が出なくなるのも梅毒の症状。
※9　『ハムレット』第一幕第三場のオフィーリアの台詞「どこかの不埒なお坊様のように、他人には天国へ続く険しい棘の道を示しながら、ご自分は、いい気に、やりたい放題」参照。
※10　梅毒による「鼻欠け」の症状は広く知られていた。
※11　六拍の長い行。
※12　三拍の短い行。
※13　説教をしながらタイモンは金を投げつけ、女たちはそれを拾い続けているのだろう。

アルキビアデス　アテネに向けて太鼓を打て。さらば、タイモン。
首尾よく勝利を収めたら、また会いに来る。
タイモン　首尾よく希望が叶《かな》うなら、二度と会わんだろう。
アルキビアデス　おまえにひどいことをした覚えはない。
タイモン　したさ。俺を褒めた。※1
アルキビアデス　それがひどいことか？
タイモン　そうだ、誰もが日々感じる。どけ。そして、
おまえのペットの犬どもを連れていけ。
アルキビアデス　邪魔したな。太鼓を叩け！
〔太鼓の音。タイモンを残して〕一同退場。
タイモン　人間のつれなさにうんざりした俺が、
まだ腹がすくとは！　母なる大地よ、※2
その計り知れぬ子宮と無限の乳房で
すべてを生み出し育てる大地よ。
そこから傲慢《ごうまん》な人間ってやつが生まれ、
黒いヒキガエルに、青いマムシ、
金色イモリに、目のない毒蛇、※3
太陽神の命与える炎が照らす澄んだ空の下、
ありとあらゆるおぞましいものを生みだす大地よ、

※1　『新約聖書』「ルカによる福音書」第六章第二十六節「すべての人にほめられるとき、あなたがたは不幸である」、『十二夜』第五幕第一場のフェステの台詞「味方はおいらを褒めあげて馬鹿にします。ところが、敵ははっきりとおいらを馬鹿だと言ってくれます。ゆえに、敵のおかげでおいらは自分のことがよくわかり、味方のせいで己を欺くことになる」参照。

※2　「大地は我々皆の共通の母なり」という当時の格言があった。こう呼びかけながら、根っこを探して土を掘っている。

※3　『夏の夜の夢』第二幕第二場など、シェイクスピアに馴染みのイメージ。

ありとあらゆる人間を憎む男にどうか、
その豊かな胸から、しけた根っこを一つ恵んでくれ。
おまえの肥沃《ひよく》なよく孕《はら》む子宮を干からびさせて、
もう恩知らずの人間を産んでくれるな。
虎や、竜や、狼や、熊※4を孕むのはいい。
なんなら、おまえの仰向《あおむ》きの顔が
大理石の天空※5に見せたことのない新種の化け物を
生んでもいい。ああ、根っこだ、ありがたい！
葡萄《ぶどう》の木々も耕された土地も髄※6から干からびるがいい。
そんなものがあるから、恩知らずの人間は、うまいものを飲み、
こってりしたものを食って、純な心をべとつかせ、
思考力をすっかりなくしてしまうのだ。

　アペマンタス登場。

また人間か？　くたばれ、くたばれ！

アペマンタス　ここにいると聞いて来た。噂じゃ、
おまえ、俺の流儀を真似してるそうだな。

タイモン　犬畜生※7の真似でもしたかったんだが、
おまえが犬を飼ってないからな。くたばりやがれ！

※4　『夏の夜の夢』第二幕第一場「目覚めて最初に目にするものが、獅子、熊、狼、牛であれ」参照。

※5　天空は光輝く荘厳さから大理石の宮殿（marbled mansion）に譬えられた。『シンベリン』第五幕第四場八七行、『オセロー』第三幕第三場四六〇行参照。

※6　髄（marrow）は身体の骨にあるもので、木々や土地にないことに齟齬が感じられるという指摘もあったが、活力を生み出す核心という比喩として用いられている。

※7　アペマンタスが犬儒派（キュニコス派）哲学者であることへの言及か。ちなみにキュニコス派を示すcynicの形容詞がcynicalだ。

アペマンタス　運命が逆転し、おまえは男らしからぬ
情けない憂鬱《ゆううつ》にとっつかまって、哀れを
気取っているにすぎん。なぜこの鋤《すき》※1だ？　この場所だ？
なぜそんな奴隷のような恰好《かっこう》をして、こんな洞穴に入る？
おまえのごますりどもは絹を着て、酒を飲み、柔らかいベッドに
寝ているというのに。病気持ちの香水女を抱き、忘れてるんだ、
タイモンなんてやつがいたことさえ。皮肉屋※2の
真似なんかしやがって、この森を辱めるな。
今度はおまえがごますりになりゃいいじゃないか。
おまえを落ちぶれさせたその方法でのし上がれ。
膝《ひざ》を折って、ご機嫌をとりたい旦那《だんな》の鼻息で、
おまえの帽子を吹き飛ばさせろ※3。相手のひどい欠点を
お見事ご立派と褒め上げろ。そうされてきたんだろ。
おまえは酒場の給仕人よろしく、誰が来ようと歓迎し、
相手が悪党だろうが誰だろうが、耳を貸したんだ。
おまえがはぐれ者※4になるのは自業自得だ。また金を
手にしても、悪党の手に落ちるだけだ。俺の真似をするな。

タイモン　おまえに似るくらいなら、この身を捨てるまで。〔◯〕

アペマンタス　もう捨ててるじゃないか。今まで、※5〔◯〕

※1　なぜおまえがこんな踏み鋤（spade）を持って憂鬱の士を気取っているのかの意味。

※2　carper　難癖をつける人（cynic）。『お気に召すまま』のジェイクィズ参照。

※3　原文が上記のような表現となっており、各種現代版は以下のような注釈をつけている。「ご機嫌をとろうとする相手にすり寄って、相手の鼻息が荒くなるようにおだてあげて、その鼻息でおまえの帽子が吹き飛ばされるぐらい近く寄れ」

※4　rascal　狩りの用語で、群れからはぐれた、弱って痩せた動物（特に鹿）。追って仕留める価値もないもの。次行の「悪党」（rascals）と掛け言葉になっている。

ずっと狂っていたが、今度は阿呆《あほう》になったか。え、
この北風が、このヒューヒューとやかましい執事が、
あったかいシャツでも着せてくれるとでも思うのか？
鷲《わし》※6よりも古いこの樹液滴る木々※7が、おまえに従い、
どこへでも跳ねていくとでも言うのか？　冷たい小川が
氷のさわやかさで、おまえの朝の薬※8となり、
昨夜の飲みすぎを治してくれるのか？　裸のまま
恨み深い天にひどい目に遭わされている生き物を呼べ。
住む家もなく、厳しい自然にその身を曝《さら》し、
耐えている生き物たち※9を呼びつけて、
おまえにごまをするように命じてみろ。
そうすればわかる――

タイモン　おまえが阿呆だとな。失《う》せろ。

アペマンタス　おまえが前より好きになった。

タイモン　おまえが前より嫌いになった。

アペマンタス　なぜ？

タイモン　悲惨を持ち上げるから。

アペマンタス　持ち上げるもんか。おまえは惨めだと言ってるんだ。

タイモン　どうして俺を捜しに来た？

※5　myself と thyself で韻を踏む二行連句。

※6　鷲は長寿と信じられていた。

※7　F は moist――ここには「温かい」「湿った」「水（小川）」というイメージ連鎖がある。ハンマーによる moss'd（苔むした）という校訂は「古い」を強調しようとするものだが、樹液が滴って生きているからといって跳ねたりしないという意味だろう。

※8　caudle　薄い粥にワインかエール酒を混ぜ、甘くしてスパイスを利かせた温かい飲料。病人用。

※9　『リア王』にも嵐に身を曝す者への言及がある（第三幕第四場二八～三二行、一〇二～八行参照）。

アペマンタス　嫌がらせをするために。
タイモン　悪党のすることだ。じゃなきゃ、阿呆だ。
そんなことをして楽しいのか？
アペマンタス　ああ。
タイモン　見下げたやつだな。※1
アペマンタス　おまえがこんな寒々とした恰好をしてるのが、
自分の高慢を罰するためなら結構だが、おまえは、
仕方なくやってるんだろう。できれば乞食《こじき》じゃなく、
宮廷人になりたいんだろう。求めての困窮は、
不確かな繁栄より長続きする。繁栄というのは、
満足を知らず、決して完結しない※2が、困窮は、
すっかり味わえる。高みにいても満足できぬなら、
心ここにあらずの哀れなやつになるばかりだ。
最悪な暮らしに満足している者よりも惨めだ。
おまえのように惨めなやつは死にたくなるのも当然だ。
タイモン　言われたくないね、俺より惨めなやつに。
おまえは、運命の優しい腕に一度も抱かれたこともなく、
犬のように生きてきたやつだ。※3
もしおまえが、我々のように、おしめをつけた

※1　ほとんどの現代版はこのようにシェアード・ラインにして、テンポのよい会話が続くと解釈する。二人が息の合った会話をしている様子がわかる。なお、ここはミドルトン担当部分と違って、シェアード・ラインにして弱強五歩格がきれいに決まる。

※2　『シンベリン』第一幕第七場のヤーキモーの台詞「満ち足りていながら満たされない欲望を抱く、美食に飽きた心」参照。また、『オセロー』第三幕第三場のイアーゴーの台詞「貧しくても満足している者は十分豊かです」参照。「満足は大いなる富」という諺もあった。

※3　タイモンには階級意識がある。

赤子の時から大事にされ、この短い浮世を
着々と出世して、言いなりになる下々※4を
自由に従えていたら、おまえはきっと
羽目を外して放蕩《ほうとう》し、若い血が騒ぐままに
女をとっかえひっかえ抱いて、決して
理性という冷たい教えを学びもせずに、
甘い酒池肉林に溺《おぼ》れただろう。だが俺は――
この世を自分の菓子屋※5のように思っていた俺は――
人々の口も、舌も、目も、心も、
俺に従い、使いこなせないほどで、
無数の葉っぱがオークの木にまとわりつくごとく
この身にまとわりついていたのに、それが
ひと冬の突風で枝から落ち、吹きすさぶ木枯らしに
裸の身を曝《さら》すことになった。これに耐えるのは、
このつらさを味わったことのない身には応《こた》える。
おまえはそもそも苦しみながら生きてきて、
しぶとく鍛えられてきた。そのおまえがなぜ人を憎む？
おべっかを使われたこともないくせに？　何をもらった？
呪うなら、おまえを生んだ哀れな父親こそ

※4　Fのdruggesは「言いなりになる召使いたち」と「薬（毒）」の両方の意味があるという。身分の低い者が成り上がって下々にかしずかれるようになったら、いい気になってやりたい放題やるだろうが、タイモンのように身分の高い者にとっては、かしずかれるのが当然だったという意味。

※5　myself, / Who had the world as my confectionary　「菓子屋」と訳したが、「砂糖菓子を作る場所」の意味であり、OEDでここが最初の用例。当時、砂糖は贅沢品だったため、世界は自分のためだけにその贅沢な菓子を作ってくれる場所だと思っていたということ。

呪われるべきだ。どこかの女乞食に、つい
種を仕込み、哀れな悪党二世を
こさえたんだからな。行け、失せろ！
おまえが最低の人間に生まれついていなければ、
悪党のおべっか使いになっていただろう。

アペマンタス　まだいばってるのか？

タイモン　　ああ、おまえではないとな※1。

アペマンタス　俺は、自分が浪費家でなかったことをいばってやる。

タイモン　俺は今、浪費家であることをいばってやる。
俺の富がすべておまえのなかに詰まっていたとしても、
全部なくなっちまえばいいんだ。消えちまえ。
アテネじゅうのやつらがこのな※2かにいればいいのに！
こうして喰《く》ってやる！

アペマンタス　　ほら※3、もっとましなものを食え。

タイモン　もっとましな話し相手がほしい。おまえは消えろ。

アペマンタス　そしたら、おまえと別れて俺はましになるな。

タイモン　ましなもんか。だめになるんだ。
でなかったとしても、だめになっちまえ。

アペマンタス　何かアテネへ伝言はないか？

※1　この行からAy, that I am not thee. / I, that I was no prodigal. / I, that I am one now. と続く。Fではいずれの文頭もIとなっているが、当時はAy（＝yes）を表記する際にIとすることもあった。アーデン3版はすべてをAyに直しているが、アペマンタスの台詞は「俺の場合は」と解釈した方がよいだろう。IとAyの言葉遊びは『リチャード二世』第四幕第一場にもある。ペンギン版、ケンブリッジ版、アーデン3版と同様、ここをシェアード・ラインと解釈する。

※2　手にした根っこを指す。

※3　ここで食べ物を差し出す。次ページのカリンか。

タイモン　おまえがさっさと消えてくれればいい。よかったら、
　俺が金を持ってると伝えてくれ。ほら、あるだろ。
アペマンタス　ここじゃ金は役立たずだ。
タイモン　　　　　　　　　　　　　　だからいいんだ。
　眠らせておけば、悪さをしないからな。
アペマンタス　夜はどこで寝てるんだ、タイモン？
タイモン　　　　　　　　　　　　　　　　　　　空の下だ。
　昼はどこで食ってるんだ、アペマンタス？[※4]
アペマンタス　食いもののあるところ、いや、俺が食うところで。
タイモン　毒が俺の思いどおりに働いてくれたらなあ。
アペマンタス　どうしようってんだ？
タイモン　おまえの皿にかける。
アペマンタス　おまえは人間の中庸というものを知らず、極端から
　極端へ走る。金ぴかで香水まみれのときは、随分洒落《しゃれ》込んでると
　馬鹿にされ、ぼろをまとうと、汚いと蔑《さげす》まれる。ほら、カリン[※5]を
　やろう。食え。
タイモン　嫌いな物は食わん。
アペマンタス　果物は嫌か。
タイモン　ああ、おまえみたいに管を巻く者はな。[※6]

※4　ここから散文に変わる。
※5　medlar　セイヨウカリン。腐りかけたときが食べ頃とされる。日本のカリンと違い、花落ち部分（へそ）のところに穴があいているように見え、これが女性性器に譬えられることが多い。『ロミオとジュリエット』第二幕第一場、『尺には尺を』第四幕第三場参照。ここでは、腐りかけたやつという意味合いで用いられている。『お気に召すまま』第三幕第二場参照。meddlers（ちょっかいを出す者）との洒落にもなっている。「果物」と「管を巻く」で対応した。
※6　前の行から直訳すると「medlar は嫌いか？」「ああ、おまえに似ているからな」

アペマンタス　おまえが、酒をおごられて管を巻く連中をもっとさっさと嫌っていたら、今頃、自分がもっと好きになっていただろうになぁ。だいたい、財産をなくしてからも愛されるような浪費家がいたためしがあるか？
タイモン　財力がなくて人に愛されるやつなんかいるか？
アペマンタス　俺だ。
タイモン　なるほど。おまえにも犬を買うぐらいの財力はあったか。
アペマンタス　この世で、おべっか使いどもに似てるのは何だ？
タイモン　女だ。男は――おべっか使いそのものだからな。アペマンタス、もし世界がおまえの好きにできるとしたら、どうする？
アペマンタス　人間を駆逐するために、獣《けもの》にくれてやる。
タイモン　人間が破滅したら、おまえは獣になって獣と一緒に暮らすのか？
アペマンタス　そうさ、タイモン。
タイモン　獣らしい野望だな。どうか神々がその願いをかなえますように。おまえがライオンになりゃ、狐に騙《だま》されるだろう。子羊になりゃ、狐に食われる。狐になりゃ、阿呆《あほう》なロバに訴えられて、咎《とが》ありとライオンに疑われる。ロバになりゃ、自分の阿呆ぶりに苦しんで生きた末に狼の朝飯になるだろう。狼になりゃ、その貪欲《どんよく》さに苦しみ、食い物を得ようとして命を落としかける。一角獣になりゃ、高慢と怒りにとっつかまって、己が憤怒《ふんぬ》にやられちまう。熊になりゃ、馬に殺される。馬になりゃ、豹《ひょう》にやられる。豹になりゃ、仲間のライオンの汚点がその斑点《はんてん》に表れているとされて、罪をかぶって命を落とす。無事でいたけりゃ、遠く離れて、そこにいないようにしなきゃだめだ。獣の餌食《えじき》にならない獣がいるか？　獣になったらどうしようもないってことがわからないなんて、おまえは何て獣《けだもの》なんだ！

アペマンタス　おまえのくだらない話が楽しめるとしたら、今のはなかなかのヒットだぜ。アテネに住むのは獣《けだもの》ばかりだ。※1

タイモン　何と！　阿呆のロバが城壁を破ったか？　おまえがここまでさまよい出たとは？

アペマンタス　向こうから詩人と画家が来る。※2 人づきあいという疫病にとっつかれるがいい！　移されたくないから、俺は逃げる。他にやることもなくなったら、また会いにくるよ。

タイモン　おまえしか生きてるやつがいなくなったら、歓迎してやる。アペマンタスになるより、乞食《こじき》の犬にでもなったほうがましだ。

アペマンタス　おまえって、とことん馬鹿だよ。※3

タイモン　唾《つば》を吐きかけてやりたいが、そう汚いと、唾が汚れる。

アペマンタス　くたばれ。おまえなんか罵《ののし》る気にもならんよ。

タイモン　おまえに比べたらどんな悪党も清らかだ。

アペマンタス　おまえの口から出てくるのが疫病だ。

タイモン　おまえの名前を言えばな。※4

※1　Fではここから韻文であるかのように改行をどんどん入れて短い行の連続としているが、韻律が整わないのでどの現代版も散文として扱っている。

※2　詩人と画家が登場するのは第五幕第一場とかなり先。本作が未完であると論じられる根拠の一つ。
　道化の場面が挿入された（45ページ注7参照）ように、次ページの二行連句辺りでこの場面は終わって第五幕第一場へと続く予定だったのに、山賊と執事の場面をあとから書き足し、この台詞を削除するのを忘れたのかもしれない。

※3　ここから韻文に変わる。

※4　二拍の短い行。次行は五拍ある。

殴ってやりたいが、手が汚れる。
アペマンタス　その手が腐れ落ちるまで罵ってやる。
タイモン　失《う》せろ。膿《う》み爛《ただ》れた犬の産んだ仔《こ》め！
おまえが生きてるだけでも腹が立って死にそうだ。
見るだけで卒倒する。
アペマンタス　破裂しやがれ！
タイモン　　消えろ、このつまらない悪党！
おまえに投げる石一つでももったいない。
アペマンタス　獣《けだもの》！
タイモン　　奴隷！
アペマンタス　　ヒキガエル！
タイモン　　悪党、悪党、悪党！※1
こんな嘘の世界はうんざりだ。生きていくための※2
最低限のもの以外は何も要らない。
だから、タイモンよ、直ちに己の墓を用意するのだ。
海の軽やかな波がその墓石に毎日打ち寄せるところに
この身を横たえ、墓碑を建てよう。〔●〕
わが死が他人の人生の嘲《あざけ》りとなりますよう。〔●〕※3
〔金に〕ああ、国王殺しの可愛いやつ。実の親子を

※1　Beast! Slave! Toad! Rogue, rogue, rogue. シェアード・ライン。一音節の単語が六つ並ぶが、アーデン3版が記すとおり、弱と数えるべきところにポーズを四回入れてゆけば、弱強五歩格の一行となる。Rogue 以降はポーズは入らない。
※2　タイモンはまるでアペマンタスが退場して一人きりになったかのように語り始める。アーデン2版が示唆するように、この前の行でアペマンタスは一旦姿を消すが、次ページでまたひょっこり顔を出すのではないだろうか。そうであれば、ここは一種の独白となる。次ページ注5参照。
※3　epitaph と laugh で韻を踏む二行連句。
※4　貞節さの象徴。

引き離し、神聖なる婚姻の床《とこ》をも穢《けが》すやつよ。
軍神マルスのような勇敢なやつよ。
いつまでも若く新鮮で、愛される繊細な求愛者、
おまえが頬を赤らめれば、貞淑な処女神ダイアナの
膝《ひざ》につもる聖なる※4雪も溶けてしまう。人の目に見える神よ。
敵対する者の手を結ばせ、キスをさせ、
誰にでも何でも言わせることができる。
ああ、心の試金石よ。おまえにへいこらする
人間どもを叛逆者《はんぎゃく》と思え。そしておまえの力で
めちゃくちゃにやっつけてくれ。この世が
獣《けだもの》の帝国となるように！

アペマンタス　そうなるといい、※5
俺が死んだあとに。おまえが金を持ってると
言いふらしてこよう。どっと人が押し寄せるぞ。

タイモン　押し寄せる？

アペマンタス　ああ。

タイモン　もう行ってくれ。

アペマンタス　惨《みじ》めな暮らしをお楽しみください。

タイモン　おまえも達者で死ね※6よ！　もうやめ※7だ。

ジュピター（ゼウス）がその膝に黄金の光を降り注いで犯したとされる乙女ダナエも連想される。102ページ注1参照。

※5　退場したと思えたアペマンタスがひょいと顔を出す？　ちょっとした笑いの瞬間か。前ページ注2参照。

※6　直訳は「おまえも惨めに生きて、惨めに死ね」。

※7　アーデン3版はここに「後ろに下がる」とト書きを入れ、「タイモンは山賊たちから気づかれない場所へ移動する」と注釈する。しかし、山賊たちが舞台端に登場して、そこから舞台中央の様子を窺うなら、タイモンはずっと舞台中央にいることもできる。

アペマンタス　また人間らしきものが来た。食え、[※1]タイモン。そして憎め。

アペマンタス退場。

山賊たち登場。[※2]

山賊一　そんな金、どこに持ってるってんだ？　どうせはした金だろ。使い残した小銭だろ。だって、金がなくなって、友達から身捨てられたから、こんな憂鬱《ゆううつ》病に罹《かか》っちまったんじゃねえか。

山賊二　すげえお宝持ってるって噂だぜ。

山賊三　試してみよう。要らないんなら、くれるだろうし。がつがつと貯め込んでたら、どうやってとってやろうか。

山賊二　そうだな。近くにはないだろ。どっかに隠してるんだ。

山賊一　あれが、やつじゃないか？

山賊二・三　どこだ？

山賊二　聞いたとおりだ。

山賊三　やつだ。俺、知ってるんだ。

山賊全員　〔近づきながら〕こんにちは、タイモンさん。

タイモン　今度は泥棒か。

山賊全員　兵士だ。[※3]泥棒じゃない。

※1　Eat, Timon, and abhor them. ——「ちゃんと食事をして生きろ、タイモン。生きて、憎め」の意。『ヘンリー四世・第二部』第二幕第四場の Then feed and be fat, my fair Calipolis 参照。アペマンタスは直前の台詞にもあるように、タイモンの死を望んでいない。

※2　Fでは Bandetti だが、119ページの退場のト書きに Theeues (泥棒) とあるため、Thieves に統一する現代版もある。「山に逃げ込んで盗みを働く元兵士ら」を指す。このト書きをアペマンタスの最後の台詞の前に移動する現代版もある。

※3　アルキビアデスの兵士たちは不満を抱えていると語られていたので、この三人は脱

タイモン　どっちだろうが、女の息子だ。[※4]

山賊全員　泥棒じゃないが、ひどく困っている。

タイモン　困ってるっていうのは、食い物がないからだろ。
何で困る？　ほら、大地には根っこがあるぞ。
この近くには何十という泉も湧き出ている。
オークの木には実が生《な》り、野薔薇《のばら》には赤い実が生る。
自然という気前のいい主婦はどの草むらにも
たっぷり食べ物を用意してくれている。困るだと？　何でだ？

山賊一　草や木の実や川の水で生きていけるかよ。
獣や鳥や魚じゃあるまいし。

タイモン　獣や鳥や魚を食って生きるのでもなく、
人間を食おうと言うのだろう。だが、ありがたいことに
おまえたちはプロの泥棒だ。[※5]神聖な恰好《かっこう》をして
盗みを働くわけじゃない。なにしろ、立派な職業につきながら、
ひどい盗みを働くやつもいるからな。悪党の泥棒どもよ、
ここに金がある。[※6]さあ、これで葡萄《ぶどう》の赤い血[※7]をすすり、
血が滾《たぎ》っておっ死《ち》んじまえば、
縛り首にならずに済むぞ。医者を信用するな。
やつらが処方する薬は毒だ。おまえらが奪うよりも

走兵（落伍兵）か。
※4　「女の息子」とは「女から生まれた者」と同じく人間の意味。人間嫌いのタイモンによって嫌悪を籠めて言われる。ここがシェアード・ラインとなって、ここから韻文に変わる。
※5　タイモンは、山賊たちをプロだと褒めている。これは、アペマンタスが106ページで言っていた「今度はおまえがごますりになりゃいい」という言葉に従っているようにも解釈できる。娼婦たちにもっと淫売稼業に精を出せと命じたように、山賊たちにももっと盗めと命じるのである。
※6　Here's gold「金をどうぞ」とも訳せる。
※7　赤ワイン。

多くの命を奪っている。金も命も一緒に奪え。
おまえらはプロなんだから、悪事を働け、
労働者のように。泥棒の例を教えてやろう。
太陽は泥棒だ。すごい引力でもって
広大な海から水を奪う。月も名うての泥棒だ。
太陽から青白い光を盗んでいる。
海も盗人《ぬすっと》だ。あの大波は、月を溶かして、※1
塩辛い涙に変えてしまう。地球も盗人だ。
万物の排泄《はいせつ》物から盗んだ堆肥《たいひ》で育つ。
どれもこれも盗人なんだ。おまえらを取り押さえて
鞭《むち》打つ法律だって、暴力をふるう
お咎《とが》めなしの泥棒だ。己を愛するな。行け！
互いに奪いあえ。もっと金をやる。喉《のど》をかっ切れ。
どいつもこいつも泥棒だ。アテネへ行け。
店に押し入れ。何を盗もうと、盗んだ相手も泥棒だ※2。
これをやったからといって、盗みの手を抜くなよ。
いずれにせよ、おまえらは金で地獄堕《お》ちだ。アーメン※3。
〔洞窟《どうくつ》へ引っ込む〕

山賊三　盗め盗めと言われると、泥棒稼業をやめたくなるな。

※1　月は女性性の象徴であり（太陽＝男性性）、その女神（ダイアナ、アルテミス）は男性を排除する処女性の守護神。よって月は女性の気質である湿った性質を持つとされた。『リチャード三世』第二幕第二場の王妃の台詞「水の滴る月」、『夏の夜の夢』ティターニアの「潮の満ち干を司る月」（第二幕第一場）、「なんだか月が泣きだしそうね」（第三幕第一場）参照。

※2　直訳すれば「あなたが盗みを働けば、必ず泥棒たちがそれを失うことになる」。直前の「どいつもこいつも泥棒だ」に対応し、店の経営者たちも泥棒だという意味。

※3　韻文はここまで。次から散文に変わる。

山賊一　あんなことを言うのは、やつが人間を憎んでいるからだ。俺たちの仕事の繁栄を願ってのことじゃない。

山賊二　あいつの言うことを敵の忠告だと思って、俺はもうこの稼業から足を洗うよ。

山賊一　まずはアテネが平和になるのを待とう。※4 改心はいつだってできらあね。※5

泥棒たち退場。

執事〔フレイヴィアス〕がタイモンのもとに登場。

執事　ああ、神々よ！
むこうにいるあの落ちぶれ蔑《さげす》まれた人は、わが主人か？
あんなに痩《や》せ衰えて？　ああ、誤ってなされた
善行の驚くべき記念碑ともいうべきお方！
とことん困窮すると、名誉がこんなにも堕落するとは！
あんなに気高い人をこんなにも貶《おとし》めるとは、
友達ほど忌まわしいものがこの世にあろうか！
「汝《なんじ》の敵を愛せ」とは、まさに
今の時代にふさわしい教えだ。
警戒すべきは、友達面《づら》をして害をなす者。〔□〕
むしろ害をなしたがる敵こそ愛したいもの。〔□〕※6
私にお気づきになった。正直に

※4　何も略奪が横行している戦時に正直な暮らしをしようとしなくてもいい、の意。

※5　「どんな悲惨な時でも人はまともになれる」（何も慌ててまともにならなくてもいい）とも「人が正直になれないほどそれほど悲惨な時代はない」（人がまともになれないなら世も末だ）とも解釈可能。前者を採用。

※6　woo と do で韻を踏む二行連句。これで締めくくられ、無言劇が続き、しばらくしてタイモンが執事に気づくという流れか。

悲しみをお伝えして、これまでどおり
命をかけてお仕え申し上げよう。旦那《だんな》様！

タイモン　失《う》せろ！　誰だ？

執事　私をお忘れですか？

タイモン　なぜそんなことを聞く？　俺はあらゆる人間を忘れた。
だから、おまえが人間なら、おまえのことも忘れた。

執事　旦那様の正直で哀れな召使いにございます。

タイモン　では、おまえなど知らぬ。※1
正直者などこの身の近くにいたことがない。
いたのは悪党に食事を出すごろつきどもだ。

執事　神々がご存じです。※2
落ちぶれた旦那様を見て、これほど
真の悲しみに耽《ふけ》る執事はおりません。

タイモン　ん？　泣いているのか？　じゃこっちへ来い。
いいやつだな、冷酷な男の性質を持たない女だ、おまえは。
男どもが涙を流すのは、情欲に駆られるか、※3
大笑いするときだけだ。憐《あわ》れみは眠っちまった。〔■〕
泣くのでなく、笑って涙を落とすおかしな時代になった。〔■〕※4

執事　私のことをおわかりになってください。

※1　二拍半の短い行。
※2　二拍半の短い行。
※3　泣き落としで女を口説くときということか。
※4　sleeping と weeping で韻を踏む二行連句。
※5　第四幕第二場のフレイヴィアスの最後の台詞の最終行参照。
※6　二拍半の短い行。
※7　Fにあるのは comfortable だが、これは現代英語の comforting の意味で用いられた。
※8　turnes my dangerous Nature wilde—Fにある wilde を mild と読み替えるハンマーの校訂をペンギン版とアーデン2、3版は採用しているが、全人類を罵倒し否定することで自分をかろうじて保ってきたタイモ

この悲しみを受け容《い》れ、この僅《わず》かな財産※5が続くかぎり、
旦那様の執事としておそばに置いてください。

タイモン　俺に執事がいたか※6。
こんなに忠実で、正直で、こんなにやさしい※7やつが？
俺の危うい正気がおかしくなりそうだ※8。
顔をよく見せてくれ。確かにこの男は、
女から生まれた人間だ※9。
誰も彼《か》も例外なしに罵《のの》ったりして悪かった。
永遠の神々よ、赦《ゆる》したまえ！　一人だけ
正直者がいました。間違えないでください、一人だけです。
それ以上はご勘弁を。そいつは執事です。
全人類を罵ってやりたかったんだがなぁ。
おまえだけは救われなきゃなぁ。だが、その他は
呪い殺してやる※10。
おまえは正直だが、賢くはない。
俺を苦しめて裏切れば、さっさと
他の勤め口が見つかろうに。
大抵のやつは最初の主人の首を斬って
次の主人に仕えるもんだ。だが、教えてくれ——

ンが、その否定はまちがっていたと知って理性を失いそうだと感じているのであろう。ケンブリッジ版とオックスフォード版に従い、wild を distracted の意味で解釈する。dangerous とは、これまでかろうじて正気を保ってきた危うさを言うのであろう。

※9　二拍半の短い行。「確かにこの男は人間である」の意味。「女から生まれた」は『マクベス』で劇的に用いられるが、「ヨブ記」第十四章第一節にあるように、人間である者を意味する。117ページ注4参照。全人類を罵っていたタイモンは、自分の苦境を泣いてくれる人間がいることに驚くのである。

※10　二拍半の短い行。

確かだと思っても疑わずにいられなくなったのだ——
おまえが優しくするのは、裏があるんじゃないか。
金持ちが贈り物をして二十倍のお返しを
期待するように、欲がらみじゃないのか。
執事　いいえ、立派な旦那様。今さらその胸に
疑いと不安が生まれても、ああ、もう手遅れです。
宴会を開いていたときに疑うべきでした、世間の偽善を。〔※〕
財産がなくなると人は抱くものなのです、疑念を。※1〔※〕
私がお示しするのは、神もご存じですが、
旦那様の高潔なお心に捧げる愛と義務と熱意のみ。
お食事と身のまわりのお世話をしたいのです。信じてください、
立派な旦那様※2、
私に少しでも利益が生じるときは、
将来であれ現在であれ、私はそれを
ただ一つの願いと交換します。すなわち、旦那様が富と力を
取り戻し、また裕福になることで私に報いてくださる願いと。
タイモン　よし、その望み叶《かな》えてやる。たった一人の正直者よ。
ほら、受け取れ※3。こんな悲惨な状態でも
神々はおまえに宝を贈る。さあ、行って裕福に幸せに暮らせ。

※1　feast と least で韻を踏む。シェイクスピアの用いない挿入的二行連句。
※2　二拍半の短い行。
※3　一八五一年のサミュエル・フェルプス主演公演では、アペマンタスに硬貨しか与えなかったタイモンは、ここで金を壺ごと渡す。
　この金は「裕福に幸せに暮ら」せるほどあり、第五幕第一場冒頭で画家が言うように「巨額の金」だと思われる。それまで自分が所有していた「僅かな財産」（120ページ注5）が続くかぎりご奉公したいと考えていた状況がここで一変する。

　第五幕第二場でフレイヴィアスの態度が変わっているように思える原因はこれか。136ページの注2参照。

だが、こいつだけは守れ——人間から離れて暮らすんだ。
すべてを憎み、呪い、誰にも慈悲を示さず、
乞食《こじき》にも施しをせず、そいつの痩せ細った肉が
骨から落ちるに任せろ。人間に与えるくらいなら
犬にくれちまえ。人間どもは牢《ろう》にぶちこめ。
借金で干からびさせて、枯れ木の林にしてみせろ。〔＊〕
やつらの裏切りの血を悪い病《やまい》に舐《な》めさせろ。〔＊〕[※4]
じゃあ、これで。元気でな。

執事　ああ、どうか
私をここに置いてください、旦那様。

タイモン　呪われたくないなら
逃げろ、毒にやられないうちに。ここにいるな。〔☆〕
人には会うな。そして二度と俺の前に現れるな。〔☆〕[※5]
〔タイモンは洞窟に入り、フレイヴィアス〕退場[※6]。

※4　woods と bloods で韻を踏む二行連句。
※5　free と thee で韻を踏む二行連句。
※6　F にはここに *Exit* とのみある。二人とも退場するなら *Exeunt* とあるべきであり、次の場面を見るとタイモンは詩人と画家の会話をずっと聴いていると思われるので、ここで退場せず、舞台上にとどまっていると考えられる。つまり、第四幕をここで終えて次から第五幕とした十八世紀のカペルの校訂は踏襲すべきではないということになる。オックスフォード版は本作を五幕に分けることを諦めて、ここも場面を区切っていないが、本書はあくまで参照の便宜上、校閲の伝統に従うことにする。

〔第五幕　第一場〕※1

詩人と画家登場。

画家　この近くに住んでるはずなんですがね。

詩人　どういうことですか？　金をたんまり持ってるって噂、本当でしょうか※2？

画家　ええ。アルキビアデスがそう言ってますし、フライニアとティマンドラ※3は金をもらってるんです。それに落ちぶれた兵士たち※4にもかなり恵んだらしい。執事には巨額の金を渡したという話です。

詩人　じゃあ、破産したってのは、友達を試しただけなんですか？

画家　まちがいありません。あの人は、再びアテネに聳《そび》える椰子《やし》の木となって※5、栄華を極めるでしょう。だから、あの人が貧しいふりをしている今のうちに親切にしておくのが得策です。我々は誠実と思われ、尽くしただけの見返りは期待できるでしょう。金を持っているという噂が本当なら。

※1　これ以降最後まで、シェイクスピアの筆と推測されている。
　前ページの注6に記したように、場面は前場より連続しており、タイモンは、画家と詩人の会話を洞窟から立ち聞きしている。二人の登場予告については113ページ注2参照。

※2　Fではここより韻文風に改行が入るが、韻律が整わないので散文として読むのが伝統。

※3　Fでは *Phrinica* and *Timandylo* となっており、前と表記が違う。97ページ注5参照。

※4　poor straggling soldiers「貧乏な（哀れな）落伍兵」の意。116ページ注2と3参照。

※5　「詩編」第九十二章第十二節「正しい者はなつめやしの木のように栄え」参照。

詩人　今度は何をあげるんですか？

画家　今はただ訪問するだけです。ただ、すごい作品を差し上げると約束してやります。

詩人　私もそうしよう。差し上げる気持ちがあると伝えよう。

画家　それがいい。約束こそ当世の流行《はや》りです。期待の目が開かれますからね。実行するなんてのは、くだらんことです。まあ、頭の単純な連中は別として、言ったことを実行するなんて、意味がありませんよ。約束するのが最も宮廷的で当世流なんです。実行なんて、遺書と同じで、とりかかるやつはよっぽど判断力がよぼよぼになっちまったやつです。

タイモンが洞穴から登場。

タイモン　〔傍白〕すばらしい絵描きだな。おまえほどの悪党は描けまい。

詩人　何をお渡しすると言おうか考えてたんですがね、やっぱりご自身の境遇を描いたものがいいでしょう。栄耀《えいよう》栄華のはかなさの諷刺《ふうし》を籠《こ》めて、若さと富に際限ない追従がつきまとうことを暴露するんです。

タイモン　〔傍白〕おまえは自分の作品のなかで自分を悪党のモデルにするつもりか。他のやつらに自分の罪を着せて鞭打《むち》とうというのか。そうするがいい、金をくれてやる。

詩人　さて、あの人を捜しましょうか。

儲《もう》け話に出遅れるべからず、〔★〕
でなくば利益はふいになる、必ず。〔★※6〕

画家　まったくです。

※6　estate と late で韻を踏む二行連句。

捜し物は、明るいうち〔◇〕
日暮れて暗くならぬうち〔◇〕※1
とも言いますものね。

タイモン　〔傍白〕いきなり出て行ってやろう※2。
金とは何たる神様だ。豚小屋より卑しい
人間の肉体にあっても崇《あが》められるとは！
ちっぽけな小舟を荒波にこぎ出させるのも金の力なら、
奴隷に崇拝の念を植え付けるのも金の力だ。
せいぜい崇拝され、かしずかれろ。〔◆〕
金のみに従うやつらは呪われろ。〔◆〕
もう会ってやろう。

詩人　こんにちは、立派なタイモン殿！

画家　気高い旦那《だんな》様！

タイモン　これはこれは、お二人の正直者では？

詩人　閣下※3、
あなたの寛大なおもてなしを何度もお受けした者です。
あなたが引退なさって、友に捨てられたと聞き及びまして——
まったく恩知らずのやつらです（なんとひどい話）、
どんな天罰を受けても足りないくらい——

※1　night と light で韻を踏む二行連句。ここまではっきりと格言として韻を踏む例は『オセロー』第一幕第三場にもある。

※2　三拍の短い行。直前の詩人と画家の台詞も、短い行があってから二行連句となっており、ルイス・シボルドは一七三三年の全集で、次行からの六行は二行連句が三連続すべきところだと考えた。最初の二行は worshipped と feed で韻を踏み、最後の二行も aye と obey で韻を踏むとして、真ん中の二行に関しても行末の foam を wave に直して slave と押韻させた。エドワード・カペルは一七六八年の *Notes and Various Readings to Shakespeare* においてこのシ

あなたを裏切るとは――※4
その星のような気高さのお蔭《かげ》をこうむって
暮らしていたやつらなのに！　こんなおぞましい
忘恩ぶりはあきれるばかりです。どんなに言葉を尽くしても、
このおぞましさは覆い隠せはしません。

タイモン　隠さないでいい。
裸のほうが正体がよく見える。
君たちのような正直者は、その本性ゆえに
やつらのことがよくわかるだろう。

画家　この詩人と私は、
浴びるほどのあなたの恩恵を受けて、
ありがたく思っております。

タイモン　そう、正直者だねぇ、君たちは。

画家　こちらへ参ったのも、お力になりたいと思ったからで。

タイモン　まったく正直者だ！　どうやってもてなそうか。
君たちは根っこを食べ、泉の水を飲むかね。ん？

二人　我らにできることであれば、何なりとお仕え致します。

タイモン　正直者だなぁ。私に金があると聞きつけたんだろう。
そうに違いない。本当のことを言え。※5　正直者なんだから。

ボルドの校訂に言及して「feed とworshipped とはすばらしいライムだと皮肉を述べ、同年の自分の全集ではタイモンの「いきなり出て行ってやろう」が三拍と短いのを五拍に調整するために、「金とは何たる神様だ」という二拍を前行に移し、次行の改行位置を変更してシボルドの言う「押韻」を壊し、三行目に二拍の短い行を作っている。ペンギン版、アーデン2版、オックスフォード版がカペルに従っているが、アーデン3版やケンブリッジ版のように、Fのまま読むべきであろう。

※3　半拍の短い行。四拍半の間がある。

※4　一拍半の短い行。

※5　ロゼギルを問い質すハムレットに似る。

画家　そのような噂はありましたが、閣下。この友も私も
それゆえにここへ来たわけではありません。
タイモン　実に正直者だ！〔画家に〕君の肖像画[※1]を描く腕は、
アテネ一だね。本物そっくりで最高だよ。
嘘か本当かわからんくらいだ。
画家　それほどでも。
タイモン　いやいや、大したもんだ。[※2]君のフィクションもだよ。
君の詩は、実にまことしやかになめらかなもんだから、
実際にそうであるかのように見せる技をお持ちだ。
とは言いながら、正直[※3]なわが友人たちよ、
君たちにはちょっとした欠点がある。
いやまあ、おぞましいものではないし、[※4]苦労して
治すほどのものでもないが。
二人　どうか閣下、
教えてください。[※5]
タイモン　悪く取るだろう。
二人　ありがたく承ります。
タイモン　本当かね？
二人　もちろんです、閣下。

※1　counterfeit「肖像画」の意味のほかに「にせ（の）」「偽の」「偽る」「まことしやかに嘘を語る」という意味もあった。
※2　詩人に向かって言う台詞。
※3　「正直な」の皮肉な繰り返しは、「正直なイアーゴー」の繰り返しや、「ブルータスは立派な人物だ」の逆説的な連呼を想起させる。
※4　前のページで詩人が用いた「忘恩ぶりのおぞましさ」を踏まえた表現。
※5　『ハムレット』第一幕第五場の会話「どうか、殿下、教えてください」「だめだ。人に言うだろう」「言いません、殿下、誓って」「自分もです、殿下」を想起させる。

タイモン　君たち二人とも、悪党を信頼している。
ひどい食わせ者だというのに。

二人　本当ですか？

タイモン　ああ、そいつが嘘をつくのを聞き、騙《だま》すのを見、
悪さ※6をするのを知りながら、そいつを愛し、物を食わせ、
親友にしている。だが、いいか、
そいつは完璧《かんぺき》な悪党だ。

画家　そんなやつは知りません。

詩人　私もです。

タイモン　なあ、君たちが大好きだ、金もやろう※7。
君たちの仲間のその悪党をやっつけてくれ。
首を吊《つ》るなり、刺し殺すなり、肥溜《こえだめ》※8で溺《おぼ》れ死なせるなり、
何とかして片付けてから、ここに来い。
たんまり金をやろう。

二人　名前を言ってください。誰なんです？

タイモン　君はそっちへ、君はこっちへ。それでも君たちは
二人組※9だ。それぞれ別々で、それぞれ一人だが、
とんでもない悪党が仲間にいる。
〔二人に〕おまえのいるところに二人の悪党をいさせたくないなら、

※6　patchery　『トロイラスとクレシダ』第二幕第三場のテルシテスの台詞でも使用。
※7　やると言って、実際には、やらない。
※8　draught　シェイクスピア全作品で十二回用いられている語だが「肥溜」の意味で用いられるのは、ここのほかに『トロイラスとクレシダ』第五幕第一場のテルシテスの台詞においてのみ。
※9　この文の意味は次の文で説明されているように、それぞれ一人ずつ別々のところに立っているが、その人のいるところに大悪党がいるので、その人と大悪党の二人組だという意味。そう言っておいてから、その大悪党とは本人のことだと明かしていく。

あいつのそばに行くな。〔もう一人に〕一人の悪党のいるところにいたくないなら、やつとは絶交しろ。失《う》せろ！　出て行け！　ほら、金だ。金欲しさに来たんだろ！
作品をくれるそうだな。ほら、代金だ。失せろ！
この錬金術師※1め、これを金に変えろ※2。
出ていけ、ごろつきの犬め！

一同退場。

〔第五幕　第二場※3〕

執事〔フレイヴィアス〕と二人の元老院議員登場。

執事　タイモン卿《きょう》と話そうとなさっても無駄です。ご自身のことばかり考え、人間の姿をしたものとは、ご自身は別として、付き合おうとなさいません。

元老院議員一　タイモン卿と話をしてくると、洞穴まで案内してくれ。

※1　「哲学者の石」でもって卑金属を金に変える技術の持ち主。49ページ注3参照。
※2　石（または、根っこ？）を投げつけているのであろう。二行前の「ほら、金だ」も同じものを投げつけながら言う台詞か。
※3　舞台には誰もいなくなるが、タイモンの洞穴の前という設定は続いており、ペンギン版、アーデン2版、ケンブリッジ版、オックスフォード版は、場面は連続しているとして、ここに新たな場面区切りを設けていない。カペルを踏襲したアーデン3版は、一旦舞台が空になるし、フレイヴィアスが変貌するだけの時間経過を示すためにも、ここに区切りがあったほうがよい

アテネの人たちに約束したのだ。

元老院議員二　どんなときも
人は常に同じではない。タイモン卿がこのようになったのは
時の不運と悲しみゆえだ。時が、より公正な手で
昔の運を差し出すのであれば、タイモン卿も
元のとおりに戻られよう。案内してくれ。
どのような結果になろうと。

執事　ここが卿の洞穴です。
ここに平安と満足がありますよう。タイモン様、
出てきて、友人にお言葉をおかけください。タイモン卿！　アテネの人たちが
最も偉い議員※4お二人をよこして、ご挨拶《あいさつ》なさっています。
話しかけてください、気高いタイモン様。

タイモンが洞窟《どうくつ》から登場。

タイモン　慰みの太陽よ、燃えろ！　口をきくやつは
死んでしまえ！※5　真実の言葉一つ言うたびに水膨れになり、
嘘をつくたびに舌の根まで焼け焦げろ。
しゃべりながら焼け死ね。

元老院議員一　敬愛措《お》く能《あた》わざるタイモン卿※6。

としている。いずれにせよ、第五幕第一場という便宜的な区切りをカペルに従って導入した以上（123ページ注6参照）、ここもカペルに従った方が筋が通ると判断した。

※4　141ページ注9にあるように、かなりな時間経過があり、ここで登場している元老院議員一・二は、第三幕第五場でアルキビアデスを追放した元老院議員一・二ではないらしい。

※5　Speak and be hanged!「白状して首をくくれ」（26ページ注2参照）と同じ意味。直前のフレイヴィアスの「話しかけてください」（Speak）を受けて、こう言っている。

※6　Fでは Worthy Timon.

タイモン　能わざる俺は、おまえらのようにくだらない。※1

元老院議員一　アテネの元老院よりご挨拶申し上げる。

タイモン　ありがとう。お礼に、疫病をくれてやろう。
俺が疫病にかかっていたら。

元老院議員一　ああ、どうか※2
失礼の段は忘れてくれ。我々も後悔しているのだ。
元老院は、みな一様に敬愛の声を揃え、
君※3にアテネへ戻って頂きたいと願い、
目下空いている特別な官職※4に是非
就いてほしいと願っている。

元老院議員二　元老院は
君を蔑《ないがし》ろにしたことをゆゆしき罪と
認めている。公の組織が罪を認めることは
異例のことであり、タイモン卿の助けがなければ
立ちゆかぬと感じ、タイモン卿に助けの手を
さしのべなかった非を深く反省して、
遺憾の意を表すべく我らを遣わしたのだ。
その上で、罪を補って余りある
罪滅ぼしをする所存だ。

※1　Of none but such as you, and you of Timon.　Worthy（立派な）と呼びかけられて、worthy of ～（～にふさわしい）の意味で受け取って、「俺はおまえらのような嫌なやつにしかふさわしくない。そして、おまえらは俺の憎悪を受けるにふさわしい」という意味で答えている。

※2　アーデン3版は、シェアード・ラインが多いのは元老院議員の熱心さを表すと言う。

※3　丁寧なyouではなく、親しげなtheeを用いて呼びかけている。

※4　どんな官職なのか示されていないが、これがアテネ防衛軍の指揮官であることが次第にわかってくる。次ページの注9参照。

そう※5、犯した過ちを消し去るような
愛と財宝を山と積み上げ、
君の胸に我らが愛を刻み、
永遠に君に従おう※6。

タイモン　　こいつはまた、
泣かせるようなことを言ってくれるじゃないか。
阿呆《あほう》の心と女の目を貸してくれれば、
嬉《うれ》し泣きをしてやるよ、敬愛措く能わざる議員諸君※7。

元老院議員一　だから、どうか、我らと一緒に帰ってくれ。
そして我らがアテネ、君の祖国たるアテネの
将軍となってくれれば※8、感謝されよう。
絶対権力を手にすれば、君の名声は、
権威とともに生きよう。そうすれば、
我らはアルキビアデスの激しい攻撃を叩《たた》き返せる※9。
やつは、祖国の安寧を猪《いのしし》のように
根こそぎにしているのだ。

元老院議員二　　そしてアテネに向かって
剣を振りまわしている。

元老院議員一　　それゆえ、タイモン卿——

※5　現代版ではAyと印刷されるが、FではIと印刷されている。42ページ注1、110ページ注1参照。

※6　「君の胸を帳簿として、そこにアテネ市民の愛を示す数字を書き込むから、その額は常に君のものだと考えてよい」という原意。会計のメタファーを用いている。

※7　worthy senators　先ほど呼びかけられたときの形容詞を用いて返している。

※8　タイモンがかつて武力と財力によってアテネを守ったことについては99ページ注3参照。また、その功績は甚大であったことについては54ページ注5参照。

※9　ここでようやく本音が語られる。

タイモン　わかった、そうしよう。それゆえ、こうしよう。
アルキビアデスが祖国の同胞を殺すなら、
タイモンからとしてアルキビアデスにこう伝えてくれ。
タイモンは気にしないと。だが、美しきアテネを略奪し、
アテネの立派な老人の鬚《ひげ》をつかみ、
清らかな処女たちを野蛮で狂った戦争の
忌まわしい穢《けが》れで汚すなら、それなら
やつに知らしめよ、タイモンがこう言ったと。
アテネの老人、若人を憐《あわ》れんで、どうしても
こう言わざるをえぬ。知ったことか、と。そして、
どう解釈されてもかまわぬが※1、おまえらに切られる喉《のど》が
あるかぎり、やつらがナイフを持とうがかまわない。
俺としちゃぁ、アテネのお偉いさんの喉よりも、
暴徒が手にしたナイフのほうがずっと好きだよ※2。
ってことで、さよなら。栄えある神々の
お守りがありますよう。泥棒が牢《ろう》の看守に
守られるように。
執事　お帰りください※3。無駄でした。
タイモン　いやなに※4。俺は自分の墓碑銘を書いてたんだ。

※1　アルキビアデス軍の兵士たちのこと。
※2　アテネのお偉いさんの喉なんかどうなったっていい。暴徒の持つナイフの方がずっと価値がある、という意味。
※3　元老院議員に対して言っている。
※4　タイモンは執事フレイヴィアスの発言を無視して、自分の話を続けている。
　ペンギン版は、「この点でタイモンの思考の変化はかなり急である。まるで、フレイヴィアスと元老院議員たちがやってくる前に自分がしていた仕事を急に思い出したかのようだ。タイモンは死を楽しみにしている。その瞑想的な調子は、次の三行の台詞に表れ、それからまた元老院議員

明日《あした》になったら見られるぞ。俺の人生という
長患《ながわずら》いはこれでようやく治るんだ。
無となれば、それですべてだ。※5行け、※6生きろ。
アルキビアデスに苦しめられろ。アルキビアデスを苦しめろ。
そして苦しみ続けろ。

元老院議員一　話しても無駄だった。

タイモン　だが、祖国は愛している。俺は
世間のやつらが言うような、祖国の破滅を
喜ぶような男ではない。

元老院議員一　よくぞ言ってくれた。

タイモン　愛すべき祖国の人によろしく言ってくれ。

元老院議員一　そのお言葉こそあなたにふさわしい。

元老院議員二　まるで歓声のなか城門に凱旋《がいせん》する
勝利者の声のように、拝聴した。

タイモン　よろしく伝えてくれ。
そしてその悲しみを癒《いや》すためにこう言ってくれ。
敵に襲われる恐怖、痛み、損失、
愛のつらさ、そのほか人生という不確かな航海で
人体という脆《もろ》い舟が受けるあれこれの苦悩を

たちに話しかける」と注記している。

※5　And nothing brings me all things. 直訳すれば「無が私にあらゆることをもたらしてくれる」。

ここでいう「無」とは「死」を意味する。『リチャード二世』第五幕第五場のリチャードの台詞「私が何であろうと、自分であろうと何者であろうと、人間であるかぎり満足はできない、《何もない》ものになって安らぐまでは」参照。

ペンギン版が注記するように「人生は長い患いであって、そこから解放されるには死しかないという発想は、当時当たり前にあった」。

※6　元老院議員たちに向かって言う。

避けるため、荒れ狂うアルキビアデスの怒りを
かわす方法を教えてやろうと。
元老院議員一　これはいい。戻ってきてくれるぞ。
タイモン　この俺の縄張りに一本の木が立っている。[※1]
必要あって、切り倒さなければならない。
それも近いうちにだ。友達に伝えてくれ。
アテネ人たちに言ってくれ。上から下まで
全員に、誰でも苦しみから逃れたい者は
急いでここに来いと。俺が斧《おの》を木にふるう前に
この木で首をくくりやがれと。
どうかよろしく伝えてくれ。
執事　もう構わないでください。いつまでもこの調子なんです。[※2]
タイモン　二度と来るな。だが、アテネにこう言え。[※3]
タイモンは、塩辛い海の打ち寄せる岸壁に
永遠の館《やかた》を建てたと。日に一度、
泡立つ荒波をかぶっている。
そこへ来るがいい。そして、俺の墓石を
おまえたちへのお告げとするがいい。
唇よ、四つの言葉[※4]を言って、黙るがいい。〔△〕

※1　プルタルコス『対比列伝』の中の「アントニウス伝」に記された逸話に基づく。「訳者あとがき」146～148ページ参照。
※2　これがフレイヴィアスの最後の台詞だが、前半の態度とはちがって、タイモンを見限る冷たさが感じられる。122ページの注3に記したように、タイモンから大金を与えられたことで、生き方が変わってしまったのだろうか。ひょっとすると元老院議員と一緒に登場するこの場面で、フレイヴィアスは豪勢な服を着込んでいるのかもしれない。
※3　これも『対比列伝』の中の「アントニウス伝」の逸話に基づく。「訳者あとがき」146～148ページ参照。

足りないところは、疫病と感染に任せるがいい。〔△〕
人が作るものは墓のみ。得られるのは死だった。〔▲〕
太陽よ、光を隠せ。タイモンの世は終わった。〔▲〕※5

タイモン退場。

元老院議員一　あの憤懣《ふんまん》にはお手上げだ。
第二の天性だな。
元老院議員二　もう見限るしかない。帰ろう。
そして、何とか手を打って
急場をしのごう。
元老院議員一　急がなければ。

一同退場。

〔第五幕　第三場〕※6

他の元老院議員二人と使者登場。

元老院議員三※7　そりゃ困ったな。ほんとにやつの軍勢は
そんなに多いのか。

※4　「四つの言葉」(four words) が何を意味するのか不明。「あと四言ばかり言って」、「あと二言、三言言って」という解釈もあれば、four を sour に読み替えるロウの校訂もあり（アーデン3版が採用）、坪内逍遙訳はこれに基づき、「苦い言葉はもう止せ」となっている。
最後の四つの言葉 Sun, hide thy beams（太陽よ、光を隠せ）とも考えられるが、謎は残る。

※5　end と mend, gain と reign で韻を踏む二重二行連句。タイモンの最後の台詞の締めくくり。

※6　場面はアテネ城壁の前に移動する。

※7　Fでは1だが、「三」に訂正。

使者　少なく見積もってそれだけです。それにあの勢いでは間もなくやってきます。

元老院議員四※1　タイモンを連れ帰ってもらえないと、まずいな。

使者　実は私の旧友で、敵の密使をしている男と会ったのですが、普段は敵と味方の関係でも、昔のよしみで打ち解けて友達として話したんですが、そいつはアルキビアデスのところからタイモンの洞穴へ馬を走らせ、なかばタイモンのために※2アテネを攻撃するのだから、攻撃に味方してほしいと、タイモンに懇願する文書を携えていたそうです。

前場の元老院議員登場。※3

元老院議員三※4　同僚たちが帰った。

元老院議員一※5　タイモンの話をするな。何の期待もするな。敵の陣太鼓が聞こえ、人々が恐れて逃げ惑い、大気は土埃《つちぼこり》でいっぱいだ。中へ入ろう。もうだめだ。〔▽〕我らは敵の罠《わな》に落ちて死ぬ定めだ。〔▽〕※6

一同退場。

※1　Fではこの場面で番号を振り直して2としているが、前場からの通し番号にして「四」に訂正。以下同。
※2　アルキビアデスは友人を救えなかった上に自分が追放宣告を受けたために祖国を攻撃するという描かれ方になっていたが、ここでは祖国がタイモンへの恩を忘れたことが攻撃の「なかば」の理由になるという。このつながりが描かれていないことが本作が未完を疑われる理由の一つ。
※3　Fは Enter the other Senators.
※4　Fは1。
※5　Fは3。
※6　prepare と snare で韻を踏む。この場面を締めくくる二行連句であり、シェイクスピアらしい用法。

〔第五幕　第四場〕※7

一人の兵士が森のなかでタイモンを捜しながら登場。

兵士　ここがその場所にちがいない。
誰かいますか？　おおい！　返事なしか。これは何だ？
「タイモンは死せり。長く生きすぎた末に。〔▼〕
これを読むは獣なり。もはやこの世に人なき故に。」〔▼〕※8
死んだんだ。で、これが墓だ。墓石に何て書いてあるんだ？
読めないな。※9文字をロウで写しとろう。
将軍ならどんな字でも読めるからな。
まだお若いのに、読むことには老成してるんだ。
今頃は傲慢《ごうまん》なアテネの前に陣を張ったにちがいない。〔◎〕
やつらを倒すことこそ将軍の大望に他ならない。〔◎〕※10

退場。

※7　場面は森。
※8　span と man で韻を踏む。墓碑銘としての二行連句。
※9　たった今声を出して墓碑銘らしきものを読んだばかりなのに、なぜ読めないと言うのか。兵士が読んだのは墓碑銘ではなく、墓の前の立て札か何かの文句なのか。そのあとで墓石に注目するのか。そして、134ページでタイモンが言及する「自分の墓碑銘」のほうは、ラテン語などの難解な言語で書かれていて読めないのかもしれない。いずれにせよ、立て札も墓もタイモンが用意したのだろうが、それではタイモンを墓に埋葬したのは誰なのか。
※10　this と is で韻を踏み、場面を締めくくる二行連句。

〔第五幕　第五場〕

ラッパ吹奏。アルキビアデスがアテネの町の前で軍隊を率いて登場。

アルキビアデス　この卑怯《ひきょう》で淫乱《いんらん》な町に対して
わが軍の訪れを告げよ。

談判を求めるラッパの音。元老院議員たちが城壁の上※1に登場。

これまでおまえたちはやりたい放題やってきて、
自分たちの意思を正義としてきた。
これまで、私をはじめ、おまえたちの権力の闇に
じっと耐えてきた者たちは、手をこまねいてさまよい、
むなしく忍耐の溜《た》め息をつくばかりだった。
今こそ時は来たり。抑えつけられていた力が
強さを取り戻して「もう我慢の限界だ」と怒鳴って〔○〕
立ち上がる。今こそ不正は息も絶えんばかりとなって、〔○〕※2
安楽な権力の座※3にすわってあえぐがいい。
息切れした※4傲※5慢も、ぜいぜい言いながら、

※1　グローブ座の二階舞台を城壁の上とみなす場面をシェイクスピアは多数書いている。例えば『コリオレイナス』第一幕第四場、『ジョン王』第二幕第一場、『ヘンリー五世』第三幕第三場参照。
※2　strong と wrong で韻を踏む二行連句。
※3　Chaires of ease ミドルトンの『チェスの試合』第三幕第一場では「閑職」の意味合いで使われている。
※4　権力者が恐怖にあえぐのみならず、肥満しているイメージ。
※5　pursy insolence shall break his wind. ハムレットの第四独白の「権力者の不正、高慢な輩の無礼……役人の横柄（insolence of office）」（『ハムレット』第三幕第一場）参照。

恐怖に蒼褪《あおざ》めるだろう。　　気高く、お若い将軍よ。

元老院議員一

君の最初の不満がまだ心のなかにあったとき、
まだ軍勢をもたず、我々も恐れる理由がなかった頃、
君の怒りを宥《なだ》めようとして手紙を送り、
我らの忘恩を償ってあまりある
愛情を示したはずだ。

元老院議員二

そしてまた
変わり果てたタイモン卿《きょう》へも使者を送り、腰を低くして
見返りを約束して、祖国を愛してほしいと懇願した。※6
我々すべてが非人情だったのではないのだから、みなが
一様に戦争の打撃を受けるのは不当だと。

元老院議員一

アテネの城壁は
あなた※7に侮辱を加えた者の手によって
作られたわけでもないし、その者たちの
個人的な罪ゆえに、これらの塔や記念碑や講堂※8が
倒されてよいはずがない。

元老院議員二

それにそもそも
あなたが国を出た原因となった連中はもう生きてはいない。※9

※6　タイモン卿へ使者を送って懇願した内容が、アルキビアデス軍撃退だったことをアルキビアデスは知らないのだろうか。
※7　これまでtheeを用いて話しかけていたのに、ここと次の元老院議員二の二行目だけ「あなた」(you)になっている。
※8　schools　古い用法でラテン語の*schola*と同じく「公共の建造物」、特に識者が議論をする場所を指した。
※9　この場の元老院議員一・二は、第三幕第五場の元老院議員一・二と違うということがわかる。どれぐらいの時間経過があったのかは不明だが、古い世代はいなくなり、時代が変わったということなのだろうか。

そのとき欠けていた恥の思いが過剰に湧き出て
心臓が破裂したのだ。さあ、進軍したまえ。
軍旗をなびかせて、アテネの城内へ。
君の復讐《ふくしゅう》心がどうしても、自然に悖《もと》る
死肉を食らわずば※1おさまらぬというのであれば、
十人に一人を処刑するがいい※2。
賽《さい》の目※3によって罪ある者の目を閉じて
恥辱を葬り去ってくれ。

元老院議員一　悪いのは全員ではない。
今は亡き者たちへの復讐を、今生きている者に
するのは不当だ。犯罪は、土地のように
受け継がれるものではない。だから、わが同胞よ、
軍隊は入れても、君の怒りは入れないでほしい。
君の故郷であるアテネとその一族を赦《ゆる》し、
その怒りの嵐に任せて、罪ある者たちと一緒に
倒さないで頂きたい。羊飼いが
羊の群れから悪いのだけを選び出すように、
皆殺しにはしないでくれ※4。

元老院議員二　何をするにせよ

※1　死刑を表現するのに、食物（food）を比喩として用いているのは、タイモンを皆が食い物にしたこの劇のテーマにふさわしい。この劇には食事のメタファーが頻出する。26ページ注4、116ページ注1など参照。

※2　古代ローマの軍隊で行われた「十分の一刑（Decimatio）」。

※3　「賽の目」（die）と「死」（die）の言葉遊びになっている。

※4　コリオレイナスは、「一つ二つのちっぽけな（良い）穀物が交ざっているからと言って、悪臭を放つ腐った籾の山を燃やさないわけにはいかない」と言って、味方のいる祖国を攻撃しようとする（『コリオレイナス』第五幕第一場）。

笑顔をもって遂行してくれ。
一刀両断にするのではなく。

元老院議員一　この固い城門も
君が足を向ければたちまち開く。
君が前もって、友として入るという
優しい心内を伝えてくれれば。

元老院議員二　手袋なり何なり[※5]
名誉のしるしを投げて示してくれ、
兵を起こしたのは不正をただすためであって
我らを滅ぼすためではないと。そうすれば
君がすっかり満足するまで、全軍をアテネ市内に
駐留させよう。

アルキビアデス　では、これが手袋だ。[※6]
攻めはせぬから、下りてきて門を開けてくれ。
タイモン卿の敵、そしてわが敵は誰か、[※7]
君たち自身に選び出してもらい、処刑する。
それだけだ。諸君の恐れを静めるため、
さらに高潔な意図を告げておこう。兵は一兵たりとも
宿舎の外に出さないし、アテネ市内において

※5　手袋を名誉の印として預けるとか、相手に叩きつけて決闘を申し込むといった慣習はヨーロッパ中世のものであり、古代ギリシャを舞台としたこの劇においては時代錯誤。

※6　この行は前の行とシェアード・ラインを形成する。この場はシェアード・ラインを含めて、弱強五歩格のリズムがきれいに整っており、言葉の選び方も含めてシェイクスピアらしい。

※7　タイモンの敵は忘恩の徒であり、それはアルキビアデスを追放した忘恩の徒に等しいと言わんばかりの台詞だが、二つは必ずしも重ならない。タイモンとアルキビアデスのつながりが弱いのが本作の欠点の一つ。

一般の法規の流れを乱させもしない。もし
乱す者あらば、諸君の公の法律により、厳しく
裁いてもらおう。
アルキビアデス 約束を守ってくれ。
元老院議員二人 立派なお言葉だ。
使者登場。[※1]
使者 偉大なる将軍、タイモン卿が亡くなりました。
海辺の波打ち際に葬られており、
その墓石にこの墓碑があったので、
ロウを押しつけて写し取って参りました。
無学な私には読めませんでしたので。
アルキビアデス
アルキビアデスは墓碑銘を読む。
「ここに眠るは、哀れな魂から離れた惨めな亡骸《なきがら》。〔●〕
わが名を問うな。生き残りは死ね、疫病に苦しみながら。」〔●〕
「我タイモンここに眠る。生前は憎悪せり、あらゆる民を。〔□〕
通りすがりに存分に呪え。ただ止めるなかれ、その歩みを。」[※2]〔□〕

※1 前場の兵士と同一人物。
※2 アルキビアデスは二つの墓碑銘を続けて読む。『対比列伝』の「アントニウス伝」に記されたとおりの順番でここにノース訳の英語のまま書き写されている。最初の墓碑銘はタイモンが自分で存命中に作ったものであり、あとの方は詩人カリマコスの作であると「アントニウス伝」に記されているにも拘らず、シェイクスピアは二つとも書き写した。あとで一方を削除する予定だったのだろうか。最初の墓碑銘に「わが名を問うな」とありながら、あとの方に「我タイモン」とあるので、明らかに矛盾しており、一方を削除する必要がある。恐らく、上演用

おまえの最期の気持ちがよく表されている。
おまえは我ら人間の嘆くのを嫌悪し、
我らの脳から流れ、ちっぽけな人間性から滴《したた》る
涙の滴《しずく》を軽蔑《けいべつ》していたくせに、豊かな想像力で
広大なネプチューンの海をして永遠におまえの
小さな墓に涙せしめ、罪を赦そうというのだな。
気高きタイモンは死んだ。その思い出は
これからも語り継がれよう。城内へ入らせてくれ。
平和のオリーヴの葉を剣に飾ろう。戦《いくさ》より平和を生み、
平和により終わらせるのだ、いがみ合いを。〔[redacted]〕
そして皆、医者として治療させよう、互いを。※3〔[redacted]〕
太鼓を打ち鳴らせ。※4

一同退場。

に整理する前の台本がそのまま印刷されてしまったのではないかという説の根拠がここにある。アーデン3版は前の方を削除してしまったが、そうすると、この作品が孕んでいる問題点が見えなくなる。「訳者あとがき」148ページ参照。ノースは、bereft と left, hate と gate で韻を踏ませている。

※3　each と leech で韻を踏む二行連句。芝居全体を締めくくる。

※4　劇の最後に軍隊を率いて登場し、亡き主人公を称える点でアルキビアデスはフォーティンブラスに似ていると言われる。強弱三歩格で終わるこの最後の台詞もフォーティンブラスの「大砲を撃てと」に酷似している。

訳者あとがき

『アテネのタイモン』は、一六二三年の最初のシェイクスピア戯曲全集（ファースト・フォーリオ）の『トロイラスとクレシダ』を印刷するために空けてあった個所――『ロミオとジュリエット』の後、『ジュリアス・シーザー』の前――に挿入されている（目次に掲載のない『トロイラスとクレシダ』は、ページ番号なしで、悲劇セクションの頭に挿入されている）ので、当初全集に入れる予定ではなかったのではないかと言われている。四折版（クォート版）での出版がなされなかったため、フォーリオ版（F）のみが底本となる。

種本・題材

タイモンは、紀元前五世紀末に実在したアテネの人間嫌いの市民ティモノス（ティモン）がモデルになっている。二世紀のギリシャの諷刺《ふうし》作家ルキアノスの『ティモン、または人間嫌い』によれば、裕福な市民の息子ティモンは、ふんだんに金を使って友達におもねったが、金がなくなったとき、友達に見捨てられて畑仕事をしなければならなくなった。すると、地中に金の壺《つぼ》を見つけ、また友達が群がってくるのだが、今度は土くれを投げつけて追い払ったという話。

シェイクスピアは、トマス・ノースによる英訳版（一五七九年）のプルタルコス著『対比列伝』（『英雄伝』とも）を読んでいたことがわかっている。『対比列伝』のなかの「アントニウス伝」で、アントニウス（アントニー）はすべての希望を失ったとき、「アテネのティーモーンのように生涯を終えたい」と語るのだが、そこでプルタルコスはティーモーンの話を次のように語るのである。

そのティーモーンといふのはアテーナイの人で、アリストファネース及びプラトーン（前四—五世紀のアテーナイの喜劇詩人。哲學者とは別。）の劇から察すると、ペロポンネーソス戰争の頃壯年に達してゐたらしく、それらの喜劇では人間嫌ひとされてゐるが、あらゆる交際を拒絶したにも拘らず、若くて向見ずのアルキビアデースを歓迎して、快くキスを与えてゐた。そこでアペーマントスが不思議に思つてその理由を訊《き》くと、あの青年を愛してゐるのは、今にアテーナイの人々に對して非常な禍の元になることがわかつてゐるからだと答へた。このアペーマントスだけは、ティーモーンに似てゐたしその生活を真似てゐたので時々来るのを許されたが、コエスの祭の日に二人だけで酒盛をしてゐた。アペーマントスは『饗宴《きようえん》は楽しいな。』と云ふと、ティーモーンは『君がゐなければね。』と答へた。尚、アテーナイの人々が集會をやつてゐる時に、ティーモーンが演壇に登つたので、人々は思ひも懸けない事だと静粛にして、大いに期待してゐると、かう云つたさうである。『市民諸君、私には僅《わず》かな地所があつて、そこに無花果《いちじく》の木が生えてゐる。既に多数の市民がその木に首を吊《つ》つた。ところで、私はその土地に家を建てようとしてゐるから、もしも諸君の中で首を吊りたいと思ふ人があるならば、無花果の木を斬る前にやつて貰ふやうにここで公に豫告して置く。』ティーモーンが命を終へてから、ハライの海岸に葬られたが、その前の濱《はま》が地辷《じすべ》りのため陥落し、波が周りに来てその墓を人が近づけないやうにした。その墓銘にはかうある。『ここに私は重苦しい生命を斷って 横はってゐる。邪悪な人々よ、名を訊くな。みじめに果てろ。』これは自分が存命中に作つて置いたものだと云はれてゐる。周く知られてゐるのは、カルリマコス（前三世紀の抒情詩人《じよじよう》。）の作である。『人間嫌ひのティーモーンが ここに臥てゐる。さつさと行きな。たんと呪ひを掛けたらば、とにかくあつちへ行つてくれ。』

河野与一訳『プルターク英雄伝（十二）』岩波文庫より引用（注の一部省略）

この二つの墓碑銘がそのまま本作に取り入れられている（144ページ）。なお、シェイクスピアは、この短いエピソードや前述のルキアノスのみならず、作者不明のエリザベス朝喜劇『タイモン』などからも影響を受けたと思われる。この劇は恐らく一六〇二年頃、法学院で上演されたと思われ、ベン・ジョンソン作品からの借用が多く、シェイクスピア作品からも影響を受けていると考えられる。荒筋は以下のとおり。

タイモンは金に糸目をつけず貧乏人に分け与え、心配する忠実な執事ラシュズに耳を貸さず、追い出してしまうが、執事は兵士に変装して主人を見守る。タイモンは伊達男《だておとこ》ユートラペレスの借金返済を助けてやり、バイオリン弾きに大金をやって紳士にし、逮捕されかかった弁士にも保釈金を出してやる。このタイモンの主筋の他に、町の金持ちバカ息子ジェラスムスが騙《だま》されるというジョンソン風の滑稽《こっけい》筋がある。このバカ息子はケチなフィラーグルスの娘カリメラと縁談があったが、タイモンが娘に恋すると、親娘《おやこ》はバカ息子を見捨ててこの大金持ちに乗り換える。だが、タイモンの船が沈んで彼が無一文となると、親娘のみならず友人も知合いも途端に彼につれなくし侮辱する。神を呪い人間を呪うタイモンは復讐《ふくしゅう》のため、一同を宴会に招き、ご馳走《ちそう》に似せた石を投げつける。一方、バカ息子ジェラスムスは世界中を旅したとホラを吹く詐欺師に騙されて、地球の反対の国の王女と結婚しようとペガサスに乗って旅に出ようとしてすっかり財産を奪われることになり、ロバの耳のついた帽子を被《かぶ》ってタイモンと一緒に地面を掘る。タイモンは無駄口を叩《たた》く二人の学者を殴ったりするが、金を見つけ、再び人々は彼の周りに群がるようになり、執事が鋤《すき》で皆を追い払ってタイモンの納め口上となる。他にケチ親父の田舎のバカ息子ロリオ、やせ細った召使いグルーニオなどが登場する。皮肉な喜劇仕立てにしているところが特徴である。

一方、シェイクスピアは、『対比列伝』で描かれている古代ローマの伝説的将軍ガイウス・マルキウス・コリオラヌス（紀元前五一九年頃～没年不詳）をモデルにして悲劇『コリオレイナス』を一六〇八年頃に書いているが、このコリオラヌスと対比されているのがアルキビアデスである。（ちなみにコリオラヌスとは、本名ティトゥス・リウィウスといい、ウォルスキ族の街コリオリの城内に突入して大暴れしてコリオリを陥落させたことでコリオラヌス（コリオリの勇者）の称号を与えられながらも、護民官に告発されてローマを追放され、復讐のために敵のウォルスキ軍を率いてローマに侵攻し、あらゆる懇願を拒絶した末に、母ウェトリアの説得に応じて侵攻を中止した人物。）

古代ギリシャの政治家・軍人アルキビアデス（紀元前四五〇年頃～紀元前四〇四年）は、才能・家柄・容姿どれも優れており、ソクラテスの弟子であったが、傲慢《ごうまん》で、敵が多かった。強大なアテネの脅威に対抗して同盟諸国に要請されたスパルタがアテネ軍と戦ったペロポネソス戦争（紀元前四三一〜四〇四年）において指導者的立場にあったアルキビアデスは、政敵によってヘルメース像破壊事件の容疑者にされたため、敵国スパルタへ亡命、敵国で顧問として活躍し、アテネ軍を痛めつけた。やがて紀元前四一一年にアテネへの帰国を許されて返り咲く。コリオラヌスと同様、祖国から追放されて敵国の軍勢を率いて祖国に攻め入った傲慢な武人ということで、シェイクスピアが二人を同じように描こうとしたことは想像に難くない。

なお、ウィリアム・ペインター作『快楽の宮殿』（一五六六年）の第三十八話が『終わりよければすべてよし』の元ネタであるが、第二十八話は「人間の敵アテネのタイモンの不思議にして忌まわしい性質、その死、埋葬、墓碑銘の話」であり、シェイクスピアはこれを読んで、さらにその元ネタであるプルタルコスや喜劇『タイモン』を読んだのであろうと考えられる。

執筆年代

当時の上演記録はなく、一六二三年に出版登録されるまで言及もされていないので、執筆年代を推定する手掛かりは乏しい。現代版を見比べると「第〇幕第〇場」の表示の位置や数が異なっていることがわかるが、これはもともと幕場割りの表示がないうえに、どこで分けるか解釈が難しいためである。オックスフォード版編者ジョン・ジョウェットは、一六〇八年八月に国王一座が室内劇場ブラックフライアーズを使用し始めてから幕場割りの概念が重要になってくるので、本作は一六〇八年八月以前に書かれたと考えられると論じている。

また一六〇五年十一月に起こった火薬陰謀事件（ガンパウダー・プロット）への言及がある（本書66ページ）ため、それ以降に書かれたこともわかる。なお、火薬陰謀事件についての詳細は、ジェイムズ・シャピロ著『「リア王」の時代――一六〇六年のシェイクスピア』河合祥一郎訳（白水社）を参照されたい。

以上の理由から、一六〇五年十一月以降、一六〇八年八月以前に書かれたと考えられる。『コリオレイナス』（一六〇八年頃）との類似があり、後述のように『リア王』（一六〇五～六年頃）や『アントニーとクレオパトラ』（一六〇七年）との類似があることから、この時期に書かれた作品と考えると腑《ふ》に落ちる。なお、マクドナルド・P・ジャクソンは稀《まれ》な語彙《ごい》の検証から、一六〇五～六年に書かれた可能性が高いとしている（*Studies in Attribution: Middleton and Shakespeare*, 1979）。

共同執筆・分担の問題

本作は、その後味の悪さから『トロイラスとクレシダ』、『終わりよければすべてよし』、『尺には尺を』とともに問題劇の範疇《はんちゅう》に入れられてきた。シェイクスピア作品の中で最も不備がある作品と言ってよいだろう。筋の通らぬ部分が多く、一九四二年にロンドン大学教授ウーナ・エリス＝ファーマーは、本作を未完の戯曲と断じた。

アルキビアデスが弁護している人物は誰だかわからないし、アルキビアデスとタイモンとの関係もはっきり描かれていない。タイモンが死んだあとに書かれた墓碑銘に「わが名を問うな」と「我タイモンここに眠る」と矛盾することが書かれており、この戯曲がこのまま上演されたとは思えない。登場人物の名前に揺れがあり、タイモンに出獄させてもらった恩のあるヴェンティディアス（Ventidius, Ventiddius）が第一幕第二場や第三幕第三場でヴェンティジアス

(Ventigius, Ventidgius）となっていたり、アペマンタス（Apemantus）がときにアパマンタス（Apermantus）となっていたり、第四幕第三場でフライニアとティマンドラとして登場した娼《しょう》婦《ふ》たちが第五幕第一場でフライニカとティマンディロと呼ばれていたり、53ページで（執事フレイヴィアスがいる前で）タイモンが召使いフラミニアスをフレイヴィアスとまちがえて呼んでいたりするのも気になる。

シェイクスピア以外の誰かほかの劇作家の手が入っているのではないかという疑念は古くから抱かれており、シェイクスピアがもともと書いた悲劇に別の劇作家が手を入れたのではないかとチャールズ・ナイトが一八三八年に論じて以来、さまざまな議論を呼んできた。他の劇作家の作品にシェイクスピアが手を入れたという説や、トマス・ミドルトン、トマス・ヘイウッド、シリル・ターナー、ジョージ・チャップマンといった劇作家がシェイクスピア作品に手を入れたという説が論じられてきた。

アーデン2版が出版された一九五九年の時点では、そうした議論は、この作品の不備ないし、あまり上手に書かれていないところを他の劣った劇作家のせいにしようとしているにすぎず、もし他の劇作家が手を入れたなら、その人は不備を直したはずだし、逆にシェイクスピアが手を入れたのなら、やはり不備が残らないようにしたはずだという強い反論にあっていた。特に文体分析をしてみると、第三幕第一場〜第三場という優れた場面をシェイクスピアが書いたのではないという結果が出てしまって、それは認めたくないという思いがあったようだ。

ペンギン版初版（一九七〇年）の編者G・R・ヒバードの序文でも、エリス＝ファーマーの議論に基づき、本作を未完として、共同執筆の可能性に触れていない。また、一九八五年、小《お》田島雄志《だしまゆうし》訳の白水《はくすい》Uブックスに村上淑郎《むらかみとしお》が解説を書いたときも、この作品には「ふしぎなほつれ」が多々あると指摘しながら、共同執筆の可能性を一掃している。

それゆえ、スタンリー・ウェルズとゲイリー・テイラーが一九八七年という早い段階で、オックスフォード版全集一巻本の解説書に、本作がシェイクスピアとミドルトンの共作だとしたのは画期的だった。これに対し、共同執筆説に反対するケンブリッジ版（二〇〇一年）編者のカール・クラインは、ミドルトンだけがまだ真剣な共同執筆者候補の考察の対象として生き残っているとしたうえで、オックスフォード版編者らの主張に反駁《はんばく》を加え、本作はシェイクスピアが単独で書いて途中で放棄した作品であると主張した。

こうした流れのなかで、ジョン・ジョウェット編オックスフォード版（二〇〇四年）が初めて、本作の作者名としてウィリアム・シェイクスピアとトマス・ミドルトンとを併記して本の扉に明示したのは事件だった。しかも、アンソニー・B・ドウソンとグレッチェン・E・ミントン編のアーデン3版（二〇〇八年）もこれに倣った。また、ゲイリー・テイラーとジョン・ラヴァニーニョ共編の『トマス・ミドルトン全戯曲集』（オックスフォード大学出版局、二〇〇七）にも、本作がシェイクスピアとの共作として所収されている。

実際、この三十年でかなりな研究の蓄積があったのであり、ペンギン版は、二〇〇五年の再版に付した新しい序文で、「多くの学者は『アテネのタイモン』はシェイクスピアとミドルトンの共同作業の産物であるという意見を今では共有している」と記している。

以上の議論に冷静で客観的な判断を加えるためには、まずシェイクスピアは優れていて、他の劇作家は劣っているという偏見を捨てなければならない。その上でシェイクスピアの書き方の特徴と、他の劇作家の書き方の特徴とのちがいにはどのようなものがあるのかを見極め、本作に《シェイクスピアの書き方でない例》が具体的に、明確に、存在するのか判断する必要がある。そして、結論を言えば、シェイクスピアの二行連句（rhyming couplet）の用い方は、場面や長台詞《ながぜりふ》を劇的にまとめる区切りとして用いるものであるのに対して、本作では、劇の流れのなかで突然挿入される形で用いられる例が散見され、これは明確に《シェイクスピアの書き方でない例》なのだ。しかも二行連句の直前を散文にするといった書き方も《シェイクスピアの書き方でない例》であり、これらは本書の脚注でいちいち指摘した。また、シェイクスピアは韻文と散文を意識的に使い分けており、あえて交ぜ込んで利用する場合は、『夏の夜の夢』でティターニアに韻文を、ボトムに散文を話させて会話させるなど、きわめて演劇的に差異化している。ところが、本作では韻文の韻律が整っておらず、かなり安易に韻文と散文が交ざり込んでいる箇所が多い。これらも《シェイクスピアの書き方でない例》である。

要するにシェイクスピアの原文の特徴を意識しながらシェイクスピアの全作品を読み込んできた読者であれば、この作品に「シェイクスピアならこんな書き方はしない」という文体的特徴が明確に認められるのである。イメージの類似や表現の類似といった模倣可能な領域とはちがって、こうした書き癖は動かしがたい証拠と言えるだろう。そして、ミドルトンの作品を見ると、韻文と散文が安易に混交し、突然恰好《かっこう》をつけるためだけに二行連句が挿入されるという例が非常に多い。次の例はミドルトンの *A Mad World, My Masters*（初版一六〇八年）の第五幕第二場で、散文で話していた人物が突然二行連句を語る場面である。

FOLLYWIT　For this time I have bethought a means to work thy freedom, though

hazarding myself; should the law seize him,
　Being kin to me, 'twould blemish much my name.
　No, I'd rather lean to danger than to shame.

これは本書26ページ注5の参照として頂きたい。

詳細な議論は、Brian Vickers, *Shakespeare, Co-author: A Historical Study of Five Collaborative Plays*（Oxford University Press, 2002）が最も信頼できる。ヴィッカーズは、最新の文体分析にも言及し、それらすべての検証は本作のかなりな部分がミドルトンの筆であることを示しているとしたうえで「この点を依然として否定しようとするシェイクスピア学者は、学者としての信頼性を危険に曝《さら》している」と結んでいる。

もちろんミドルトンの筆があることを認めたとしても、それで本作にさまざまな不備がある説明にはならない。従来考えられていたようにどちらかがあとで手を入れたのではなく（つまり、どちらかが全体に目を通したのではなく）、同時進行的に両方が筆を進め、最後に全体的な調整をする手前の段階で放置された原稿と考えるのが最も納得がいくだろう。特に最後の矛盾した墓碑銘は、プルタルコスの『対比列伝』に記された二つの墓碑銘をそのまま並べたものであり、あとで調整しようと思いつつ、そのままにされたと考えられる。執筆分担を明確に分けることはできないものの、アーデン3版を基本として記せば、第一幕第一場＝シェイクスピア、第二場＝ミドルトン、第二幕第一場＝不詳（RSC版ではシェイクスピア）、第二場＝主にミドルトン（RSC版では両方）、第三幕第一～五場＝ミドルトン、第六場＝主にシェイクスピア（RSC版では両方）、第四幕第一場＝シェイクスピア、第二場＝両方、第三場＝主にシェイクスピア、第五幕第一〜五場＝シェイクスピア（RSC版では第五幕第一場にミドルトンの加筆）としている。

上演

初期の上演記録は残っておらず、最も古い上演記録はトマス・シャドウェルの改作『人間嫌い、アテネのタイモンの歴史』（一六七八年）であり、人気を博した。十八世紀にもいくつかの改作が書かれ、シェイクスピアの原作どおりに上演された記録は一七六一年のダブリン公演まで ない。イングランドにおける原作上演の記録は一八五一年のサドラーズ・ウエルズ劇場のものが最も早い。

一九六五年にポール・スコフィールドがストラットフォード・アポン・エイヴォンで主演して以降は頻繁に上演されるようになり、一九八〇年のロイヤル・シェイクスピア・カンパニー（RSC）のロン・ダニエルズ演出（ジ・アザー・プレイス劇場）では、江戸時代の豪商の屋敷が舞台となり、執事が大きなそろばんをはじき、宴会の席で着物を着た客がおしぼりで顔をぬぐうといった演出がなされた。リチャード・パスコ演じるタイモンは威厳があったという。

私の記憶に残っているのは、一九九一年三月にヤング・ヴィック劇場で観たトレヴァー・ナン演出の舞台で、デイヴィッド・スーシェ演じるタイモンが黒い蝶《ちょう》ネクタイに黒いスーツ姿でパーティーに集まった人たちに、車の巨大なキーをプレゼントするという現代風演出だった。一九九九年のグレッグ・ドーラン演出のRSC公演では主演のマイケル・ペニングトンがベケット風な虚無を感じさせる舞台でパワフルな演技を見せ、二〇一八年のサイモン・ゴドウィン演出のRSC公演では主演のキャサリン・ハンターが金ピカのドレスを着て、クロスジェンダーの現代劇として上演した。

作品研究・その他

E・A・J・ホニグマンは、本作は法学院生のような知的な観客を相手に書かれた作品であって、ギリシャの人物について予備知識をもった観客にとっては、このような描き方で十分おもしろいのだと論じ（"Timon of Athens," *Shakespeare Quarterly,* 12, 1961）、G・ウィルソン・ナイトは、タイモンこそ悲劇の主人公の原型だと褒めちぎった（*The Wheel of Fire,* 1930）。『白鯨』で知られるハーマン・メルヴィルも、本作を傑作として褒めちぎっている。

『リア王』との類似性に注目して、本作を『リア王』の死産した双生児だと形容したドーヴァー・ウィルソンの議論（*The Essential Shakespeare,* 1932）は一読に値する。本作が『リア王』（一六〇五〜六年頃）と同じ頃に書かれたのではないかとするピーター・アレグザンダーの説（*Shakespeare's Life and Art,* 1939）も有効だ。

特に忘恩と裏切りを契機に人間への絶望へと追いやられる主人公が、自然の中で裸になって人間を激しく呪う点で、リアとタイモンは確かに重なって見える。どちらもかつては絶対的な力を持っていたのに、一瞬にして無力になってしまう。そして、人とのつながりを失ったとき、社会的人間としてのアイデンティティが崩壊する。リアには道化が途中までおり、ケントが付き従ったが、タイモンは道化と接点を持たず（本作の道化がアペマンタスにだけ付き従うのはなぜか）、ケントに相当するはずの執事フレイヴィアスは、あろうことか、大金を手にしたあとタイモンに対して冷たい態度をとって立ち去ってしまう。最後までタイモンのことを想うのはアルキビアデスのみだが、最後の場ではどこかフォーティンブラスに似てくる。アルキビアデスは、タイモンは気高かったと言うが、テクストを読んだかぎりでは、見境なく大盤振る舞いをする大富豪の姿が見えてくるばかりで、どこが気高かったのかわかりづらい。しかし、その点は上演が補うべき点なのかもしれない。「ある人物の偉大さとは、その人物のなかにあるのではなく、その人物が社会からどのように扱われるかによって示されるのだ」と、RSC芸術監督グレッグ・ドーランは、『家康《いえやす》と按針《あんじん》』（市村正親《いちむらまさちか》主演）の稽古場《けいこば》で述べて、家康に将軍としての威厳と栄光を与えるのはまわりの役者たちの仕事だとして演出していたが、この作品でも同じことが言えるのかもしれない。

リアはその黙示録的虚無のなかで愛の意味を知って死ぬが、タイモンは人知れず死ぬ。奇妙に女性が登場しない劇でもある。権力とは支配の謂《い》いであり、男性的支配世界をエリザベス朝的女性嫌悪をもって描くとき、女性は登場させにくいのだろうか。本作にコーディーリアのような凜《りん》とした娘を登場させたら、作品世界も変わったことだろう。

なお、この新訳は、野村萬斎《のむらまんさい》師によるリーディング公演（二〇一九年十月二十九日・三十一日、シアタートラム）のために訳したものである。

二〇一九年十月

河合祥一郎

角川文庫発刊に際して

角川源義

第二次世界大戦の敗北は、軍事力の敗北であった以上に、私たちの若い文化力の敗退であった。私たちの文化が戦争に対して如何に無力であり、単なるあだ花に過ぎなかったかを、私たちは身を以て体験し痛感した。西洋近代文化の摂取にとって、明治以後八十年の歳月は決して短かすぎたとは言えない。にもかかわらず、近代文化の伝統を確立し、自由な批判と柔軟な良識に富む文化層として自らを形成することに私たちは失敗して来た。そしてこれは、各層への文化の普及滲透を任務とする出版人の責任でもあった。

一九四五年以来、私たちは再び振出しに戻り、第一歩から踏み出すことを余儀なくされた。これは大きな不幸ではあるが、反面、これまでの混沌・未熟・歪曲の中にあった我が国の文化に秩序と確たる基礎を齎らすためには絶好の機会でもある。角川書店は、このような祖国の文化的危機にあたり、微力をも顧みず再建の礎石たるべき抱負と決意とをもって出発したが、ここに創立以来の念願を果すべく角川文庫を発刊する。これまで刊行されたあらゆる全集叢書文庫類の長所と短所とを検討し、古今東西の不朽の典籍を、良心的編集のもとに、廉価に、そして書架にふさわしい美本として、多くのひとびとに提供しようとする。しかし私たちは徒らに百科全書的な知識のジレッタントを作ることを目的とせず、あくまで祖国の文化に秩序と再建への道を示し、この文庫を角川書店の栄ある事業として、今後永久に継続発展せしめ、学芸と教養との殿堂として大成せんことを期したい。多くの読書子の愛情ある忠言と支持とによって、この希望と抱負とを完遂せしめられんことを願う。

一九四九年五月三日

新訳《しんやく》 アテネのタイモン

シェイクスピア　河合祥一郎《かわいしょういちろう》＝訳

令和元年 10月25日　初版発行
令和６年 10月10日　４版発行

発行者●山下直久

発行●株式会社KADOKAWA
〒102-8177　東京都千代田区富士見2-13-3
電話　0570-002-301（ナビダイヤル）

角川文庫 21864

印刷所●株式会社KADOKAWA
製本所●株式会社KADOKAWA

表紙画●和田三造

ISBN 978-4-04-108793-0　C0197

◆◆◇